U0047225

LOCUS

LOCUS

LOCUS

L O C U S

to

fiction

to 118
異鄉人
L'Étranger

作者：卡繆 Albert Camus
譯者：嚴慧瑩
責任編輯：林盈志
封面設計：林育鋒
內頁排版：江宜蔚
校對：呂佳真
出版者：大塊文化出版股份有限公司
台北市 105022 南京東路四段 25 號 11 樓
www.locuspublishing.com
讀者服務專線：0800-006689
TEL：(02) 87123898　FAX：(02) 87123897
郵撥帳號：18955675　戶名：大塊文化出版股份有限公司
法律顧問：董安丹律師、顧慕堯律師

總經銷：大和書報圖書股份有限公司
地址：新北市新莊區五工五路 2 號
TEL：(02) 89902588　FAX：(02) 22901658

初版一刷：2020 年 5 月
初版十二刷：2024 年 4 月
定價：新台幣 250 元
ISBN：978-986-5406-72-1

異鄉人

L'ÉTRANGER

卡繆

Albert
Camus

嚴慧瑩 譯

目錄

第一部

第二部

異鄉人

第一部

1

今天，媽媽死了。也或許是昨天。我不知道。我收到養老院的電報：「母歿。明日下葬。致哀。」這完全看不出所以然。或許是昨天吧。

養老院位於馬恆溝，距離阿爾及爾八十公里。我搭兩點的巴士去，下午就會到。如此一來，我今晚守靈，明晚就可以回來。我向老闆請兩天假，以這樣的理由他總不能拒絕吧，但他滿臉不高興。我甚至跟他說：「這不是我的錯。」他沒回應。後來想想我不該跟他說這句的。總之，我沒必要對他感到抱歉，倒是他應該對我表示慰問哀悼之意才對。後天他看到我帶孝時，想必就會這麼做的。目前，就好像媽媽還沒死似的。等葬禮過後，塵埃落定，一切就會恢復正常的應對。

我搭兩點的車。天氣很熱。我照習慣到謝列斯特餐廳吃飯，他們都為我感到難過，謝列斯特對我說：「人只有一個母親啊。」我離開時，他們一起送我到餐廳門口。我有點頭昏腦脹，因為還得去艾曼紐家向他借黑色領帶和臂紗，幾個月前他伯父過世了。

我一路用跑的，以免錯過巴士。一定是剛才這樣匆匆忙忙、跑這段路、再加上車子顛簸和汽油味、路面和天空的陽光反射，讓我昏昏沉沉起來，幾乎睡了一整路。我醒來時，發現自己整個人靠在旁邊那個軍人身上，他衝著我微笑，問我是否從很遠的地方來。我簡短說聲「是」，避免繼續聊下去。

養老院離鎮上還有兩公里，我用走的過去。我想立刻去看媽媽，但門房跟我說得先去和院長會面。院長正在忙，我等了一下。等待的當兒，門房不停地說話，之後我見到院長，他在辦公室裡接見我。他是個矮小的老人，胸前佩戴著榮譽勳章，他清澈的眼睛看著我，和我握手，久久不放，讓我不知該怎麼把手抽回來。他看了看資料，對我說：「莫梭太太來這裡已經三年了，您是她唯一的支柱。」我以為他是在指責我，便開始向他解釋，但是他打斷我的話：「您無須辯解，我親愛的孩子。我看了您母親的資料，您無法供給她的需要。她必須有專人照料，您的薪水也相當微薄。總之，她在這裡會比較開心。」我說：「是的，院長先生。」他又加上一句：「她在這裡交到了朋友，一些年齡相近的朋友，能和他們分享同一個世代的興趣。您年紀輕，她和您在一起反而會覺得無聊。」

這倒是真的，媽媽住在家裡時，大半時間都沉默地以眼光尾隨我。剛到養老院的時候，她經常哭，但那是因為不習慣。若是過了幾個月把她接出養老院，她還是會哭，因為她已經習慣了。有點因為這樣，過去這一年來我幾乎沒來過養老院，也是因為來一次我周日就泡湯了——更別說還要費力去車站、買票、搭兩個鐘頭的車。

院長又和我說了些話，但我幾乎都沒在聽。然後他跟我說：「我想您想看看您母親吧。」我一言不發站起身，他領著我走向門口，在樓梯上，他對我解釋說：「我們已將她移置到院中的小型太平間，以免其他院友受到影響。每次有院友過世，其他人都會情緒激動個兩、三天，這會造成我們工作上的困擾。」我們穿過中庭，許多老人三五成群聚著聊天。我們經過時他們便住了嘴，等我們走過又開始交談，活像一群吱吱喳喳聒噪的鸚鵡。院長帶我到了一座小建築物的門口，便把我留在那兒：「我先走了，莫梭先生，有任何事隨時到辦公室找我。原則上，葬禮訂在明天早上十點，這樣今晚您就可以為亡者守靈。最後一件事：您母親似乎經常和友伴提起希望舉辦宗教葬禮，我便按照她的意願這樣處理，但還是告訴您一聲。」我向他致謝。媽媽雖然不是無神論者，在世時卻也從來沒想過宗教的問題。

我走進去。這是一間非常明亮的廳堂，刷白的石灰牆，屋頂是玻璃天窗。裡面擺了一些椅子和X型的腳架，正中央兩個X型腳架支撐著一具覆上棺蓋的棺材，閃閃發亮的螺絲釘鬆鬆地固定在褐色棺木上，十分顯眼。棺木旁有一名阿拉伯女護士，穿著白色罩袍，頭上紮著色彩鮮豔的頭巾。

這時，門房出現在我身後，他一定是一路跑過來的。他有點口吃地說：「棺木闔上了，我得旋開釘子好讓您看看她。」他正要湊近棺木，卻被我阻止。他問：「您不想看？」我回答：「不想。」他停下動作，我有點尷尬，覺得自己不該這麼說。過了一會兒，他看著我問：「為什麼？」但語氣不帶責備，就像只是問問。我說：「不知道。」他捻捻白色小鬍子，移開目光，說：「我了解。」他有一雙很好看的淡藍色眼睛，臉色帶點紅潤。他拉張椅子給我，自己則在我稍後方坐下。護士站起來，朝門口走去。此時，門房跟我說：「她那是膿瘍。」我聽不懂，看看護士，看見她眼睛下方繞著頭纏著一條布，鼻子的部位是平的，整張臉只看得到那雪白的布條。

她離開後，門房說：「那我就先走了。」我不知道做了什麼手勢，反正他並沒有離開，而是站在我背後。背後有個人，讓我感到不自在。傍晚美麗的光線灑滿室內，兩隻黃蜂撲著天窗發出嗡嗡聲。我覺得一陣睏意。我沒轉身，問門房說：「您在這裡很久了？」他立刻回答：「五年了」，彷彿一直在等我問話。

接下來，他開始滔滔不絕。他從沒想到自己會在馬恆溝養老院當一輩子的門房。他六十四歲，巴黎人。此時我打斷他：「啊！您不是本地人？」我想起剛才他在帶我去見院長之前，曾和我談到媽媽。他說得盡快下葬，因為平地氣候炎熱，尤其在這個國家。那時他跟我說曾在巴黎生活，難以忘懷。在巴黎，人們有時守靈三、四天。這裡沒那麼多時間，連狀況都還沒搞清楚呢，就得追在靈車後頭送葬。那時他太太對他說：「閉嘴。這不是該對先生說的事情。」老先生臉一紅，跟我道歉。我解圍地說：「沒關係。沒關係。」我覺得他說的既真實也很有意思。

在這小太平間裡，他告訴我他是因為貧困才進養老院的，但自覺身體還硬朗，就毛遂自薦當起門房。我跟他說，那麼其實他也算是養老院的院友，但他說並不是。我之前就很驚訝他都以「他們」、「其他人」、偶爾還用「那些老人」來說養老院裡的人，其實有些年紀並不比他大。但是，當然啊，這就不一樣了。他是門房，因此，在某種程度上，他們受他管轄。

這時護士又回來了。夜色驟然降臨。很快地，天窗上已是黝黑的暗夜。門房扭開燈，我被突如其來大放的光線刺得盲了眼。他邀我到食堂吃晚餐，但是我不餓，他問我要不要來杯牛奶咖啡。我很喜歡牛奶咖啡，就接受了。過了一會兒，他端著托盤回來。我喝完牛奶咖啡之後，很想抽菸，但是猶豫起來，不知在媽媽面前是否能這麼做。我考慮了一會兒，覺得這根本無關緊要。我遞給門房一根菸，兩個人便抽起菸來。

過了一會兒，他對我說：「跟您說一聲，您母親的朋友們也會來為她守靈。這是慣例。我得去搬些椅子，拿些黑咖啡過來。」我問他可否關掉一盞燈，白色牆壁反射的燈光令我疲憊。他說沒辦法，燈光的裝設就是這樣：要不是全開，就是全關。之後我就沒再多注意他，他走出去，又回來，擺放了一些椅子。他把咖啡壺放在一張椅子上，旁邊疊著一些咖啡杯。然後他在隔著媽媽的另一邊，面對著我坐下。女護士也坐在我對面的後方，背對著我。我看不見她在做什麼，但是從她手臂的動作看來，應該是在打毛線。天氣溫煦，咖啡暖了我的身子，夜晚的氣息與花香從開著的門飄進來。我好像打了一會兒瞌睡。

一陣窸窣聲把我吵醒。剛才閉著眼睛，現在屋內光線顯得更加白亮炫目。我眼前看不見任何陰影，每個物體、每個稜角、所有的曲線都益發顯得純白刺眼。就在此時，媽媽的朋友們進來了。他們總共有十來個，靜悄悄地滑進這刺眼的光線中，坐下時也沒有一張椅子發出半點聲響。我特別仔細地觀察他們，臉部、衣著沒有一個細節逃過我的眼。然而沒聽到他們發出任何聲響，令我難以相信他們真的存在。幾乎所有的婦女都穿著圍裙，帶子繫在腰上，更突顯她們的肚子。我從來沒注意到老太太們會有這麼大的肚腩。男人們幾乎都很瘦，拄著手杖。令我驚訝的是，他們的臉上看不見眼睛，只看見皺紋凹陷之間一絲沒有光芒的眼光。他們坐著，大多數拘謹地看著我，點點頭，癟凹的嘴唇陷進沒有牙的嘴裡，我無法分辨是在跟我打招呼或是不自主的習慣動作。我想應該是打招呼吧。就在此時，我才發現他們全部都圍繞著門房坐在我對面，一個個搖頭晃腦。一時之間讓我有種他們在那裡審判我的荒唐感覺。

不一會兒，一位婦人開始哭泣。她坐在第二排，被前排一名女院友擋住，我看不清她的模樣。她抽抽噎噎，節奏規律，彷彿永遠不會止歇。其他人好像什麼都沒聽到，神情沮喪、陰鬱、沉默。他們注視著棺木、手杖，或是其他物品，總之眼睛只盯著某樣東西。那婦人還在繼續哭泣，我很驚訝，因為我根本不認識她。我不想再聽她哭泣，卻不敢跟她說。門房傾身跟她說話，但她搖搖頭，咕噥了什麼話，繼續以同樣的規律哭泣。門房走到我這一側，坐在我旁邊。過了好一會兒，他眼睛沒看著我，跟我說：「她和您母親非常親近。她說您母親是她在這裡唯一的朋友，現在她誰都沒了。」

我們就這樣待了良久。婦人的嘆氣和啜泣漸漸平息，只是不停吸著鼻子，最後終於安靜下來。我已經不想睡了，卻覺得很疲倦，腰部痠疼。現在，令我難忍的是他們所有人的靜默。我只偶爾聽見一種奇怪的聲音，不知道是什麼，久了之後，我終於猜出那是其中幾個老人吸著內頰，發出怪異的咂嘴聲。他們如此深陷在思緒之中，並不自覺地發出聲音。我甚至感覺躺在他們中央的死者，在他們眼裡也毫無意義。現在回想起來，我想那是個錯誤的感覺。

我們大家都喝了門房端來的咖啡。接下來我就什麼都不知道了。夜晚過去了。我記得有一會兒我睜開眼睛，看見老人們都蜷縮著身軀睡著了，只除了一個，下巴抵在緊抓著手杖的手背上，定定地看著我，好像就等著我醒來似的。隨後，我又睡著了。我再次醒來是因為腰部愈來愈痛。曙光滑上屋頂玻璃天窗。不久，有位老人醒了，咳得很厲害。他把痰吐在一塊方格大手帕裡，每聲咳吐都像撕心裂肺。他把其他人都吵醒了，門房跟他們說該離開了。他們站起身。折騰了一夜，他們面如灰土。令我大為驚訝的是，他們走出去時，每個人都和我握手——就好像我們雖整夜未交談半句話，感情卻加深了似的。

我很累。門房帶我去他住所，讓我得以稍加漱洗，又喝了些很好喝的牛奶咖啡。當我走出來時，天已全亮了。隔著馬恆溝與大海之間的丘陵上方，天空布滿紅光，山丘上吹過來的風帶來一股鹽味，看來會是晴朗的一天。我很久沒到鄉下了，若非媽媽的事，在這兒散散步該多麼愉快。

但這時候，我站在中庭一棵梧桐樹下等著，呼吸著新鮮泥土的氣味，已無睡意。我想到辦公室的同事，此時，他們正起床準備上班，對我而言，這向來是最痛苦的時刻。我還在想著這些事，卻被建築物內部的鐘聲打斷。窗戶裡頭一陣忙亂，之後一切又恢復平靜。太陽又升高了一些，陽光開始曬熱我的雙腳。門房穿過中庭，過來跟我說院長要見我。我到院長辦公室去，他要我在一些文件上簽字。我看到他穿著黑衣服和條紋長褲，他拿起電話，問我：「葬儀社的人早已到了，我現在要請他們過來封上棺蓋。在此之前您要看母親最後一眼嗎？」我說不要。他對著話筒低聲吩咐：「費賈克，跟他們說可以開始了。」

接著他跟我說他會參加葬禮，我向他道謝。他在辦公桌後坐下，交叉著短腿，告訴我說待會兒只有我和他，以及當班的女護士送殯。原則上，院友不行參加葬禮，只讓他們守靈，他強調說：「這是人道問題。」但是這次他特例允許媽媽的一位老朋友來送殯：「湯瑪士・貝赫斯。」說到這兒，院長露出微笑，對我說：「您了解嗎，這是一種有點孩子氣的感情，但是他和您母親形影不離。養老院裡大家都愛開他們玩笑，對貝赫斯說：『這是您未婚妻』，他聽了就笑。他們都被逗得很開心。莫梭太太過世對他打擊很大，我想不應當拒絕他參加喪禮。但是聽從巡診醫生的建議，我昨晚禁止他去守靈。」

我們沉默了許久。院長站起身，從辦公室的窗戶往外看。過了一會兒，他說：「馬恆溝的神父來了，他提早到了。」他跟我說步行到村裡的教堂，至少得走個三刻鐘。我們走下樓。神父和兩名唱詩班孩童在建築物前，其中一名提著香爐，神父正彎腰調整香爐銀鍊的長度。我們一到，神父直起身子。他稱呼我「我的孩子」，又說了幾句話。他走進太平間，我跟在後頭。

我一眼就看見棺木上的螺絲釘已拴緊，廳內有四名穿黑衣的男人。院長跟我說靈車已等在外面，神父也開始禱告。從這時候開始，一切迅速進行。那幾個男人拿著一塊蓋布走向棺木。神父、唱詩班孩童、院長和我都走出太平間。門外有一位我不認識的女士，院長說：「這是莫梭先生。」我沒聽見那位女士的名字，僅知道她是護士代表。她點頭致意，瘦骨嶙峋的長臉上毫無笑容。我們排成一列讓遺體通過，跟著抬棺人走出養老院。靈車已停在大門口，塗了漆、發亮的長型車身，讓人聯想到鉛筆盒。車旁站著身材矮小的禮儀師，穿著可笑的衣著，另外還有一個舉止侷促笨拙的老人。我知道他就是貝赫斯先生。他戴著一頂圓頂寬邊軟氈帽（棺木通過時，他脫下帽子致敬），穿著西裝，過長的西裝褲管擠在鞋子上，寬領白襯衫上打著過小的黑布領結。嘴唇在滿布黑頭粉刺的鼻子下顫抖著。細軟的白髮下垂盪著兩個形狀不明的怪異耳朵，充血通紅的顏色襯著蒼白的臉，令我印象深刻。禮儀師安排我們的位置，神父領頭，緊接著是棺木，棺木旁是四名抬棺人員，院長和我跟在後面，護士代表和貝赫斯先生殿後。

太陽已高掛天空，陽光開始燒灼地面，氣溫很快升高。我不知道為什麼我們等了這麼長時間才出發上路。我穿著一身深色衣服，覺得很悶熱。戴著帽子的矮小老人貝赫斯先生再次把帽子脫掉。院長跟我說起他時，我稍微轉身朝向他那邊，看著他。院長說貝赫斯先生和我母親經常在傍晚時分，由一位護士陪同，散步到村子去。我看看四周田野，穿過直逼天際丘陵上的整排柏樹，可見到一片赭紅和綠色的大地、稀疏且工整的房舍，我理解媽媽的心情。黃昏時的這片鄉野應該是憂鬱的停頓休止。今天，氾濫的陽光使周遭景物浮動，看起來無情且令人沮喪。

我們開始上路。此時我才發現貝赫斯的腳有點跛。靈車漸漸加快速度，老頭子亂了手腳。走在靈車旁的一位抬棺人員也被車子超過，現在和我並排而行。我很訝異太陽上升的速度如此之快，也發現田野間早已充斥著嗡嗡蟲鳴和草的窸窣聲。汗流下臉頰，我沒帽子，就用手帕搧著風。葬儀社的人見狀不知跟我說了什麼，我沒聽見。他說話的同時，右手掀起鴨舌帽簷，用拿在左手上的手帕揩著腦門。我問他：「什麼？」他指指天空又說了一次：「太陽好毒。」我說：「是啊。」過了一會兒，他問我：「裡頭是您母親？」我又說：「是啊。」「她很老了嗎？」我回答：「應該是吧。」因為我不知道確切的歲數。之後他就住口了。我回頭，看見老貝赫斯落在我們後面五十多公尺開外，擺動著手上的氈帽急忙追趕。我也看看院長，他沉著莊重地走著，完全沒有不必要的動作。他額頭上冒出幾顆汗珠，但他並未伸手擦拭。

我覺得隊伍行進加快了些。四周依舊是陽光曬得耀眼的鄉野。天空刺眼的光線令人難以忍受。行程中經過一段剛重新修好的路段，柏油路被陽光曬裂了，腳踩下去就陷進去，露出油亮的瀝青。靈車上馬車夫的硬皮帽好像在這油亮的黑泥裡揉攪過似的。在這藍白兩色的天空、在裂開的黏稠黑色瀝青、暗黑的衣服、漆黑的靈車這些單調的顏色之間，我有點迷失了。這一切——陽光、馬車的皮革與馬糞的味道、漆和焚香的氣息、一夜無眠的疲憊——令我頭昏眼花，思緒渙散。我又回頭看，貝赫斯已被遠遠拋下，隱沒在蒸騰的熱氣中，然後就看不見身影了。我搜尋他的身影，看見他離開了大路，穿過原野。我看見路在前方轉彎，明白了貝赫斯熟悉這裡的路徑，要抄捷徑趕上我們。到轉彎處，他就趕上來了。之後又不見人影，他又穿過田野抄捷徑，反覆了好幾次。我呢，我感到血液砰砰砰撞擊著太陽穴。

接下來的一切進行得匆忙、確實、自然，我什麼也不記得了。只除了一件事：在村子入口處，護士代表跟我說了話。她的聲音十分獨特，和她的長相並不搭，是悅耳又帶點顫動的嗓音。她對我說：「慢慢走怕會中暑，走太快會一身汗，進到教堂裡又怕著涼。」她說的沒錯，沒有任何辦法。我還留著那天的幾個印象：例如，快到村子時貝赫斯最後一次趕上我們時的臉，激動且悲痛的大顆淚珠淌流在雙頰上，因為皺紋太多，淚水並不是滴落，而是散開，分支又聚合，在那張被摧殘殆盡的臉上形成了一層水漆。另外還有教堂、人行道上的村民、墓園墳上的紅色天竺葵、昏厥的貝赫斯（就像一個解體的木偶）、滾落在媽媽棺木上的血色紅土、混在土裡的白色根莖、人群、人聲、村子、在咖啡館前的等待、轟隆不止的引擎聲，以及當巴士駛入阿爾及爾那片燈海時我的喜悅，我想要躺下睡上十二個鐘頭。

2

睡醒的當下，我突然明白在我請兩天假時，為什麼老闆滿臉不高興：今天是星期六。我原來根本就忘了，起床時才突然想到。老闆自然而然會想，加上星期天，這樣一來我就有四天假期，他當然會不高興。但是，媽媽是昨天而非今天下葬，這又不是我的錯，再說，反正周六和周日我本來就放假。當然啦，我也能理解老闆的心情。

昨天一整天累壞了，要起床還真不容易。我邊刮鬍子邊想待會兒要做些什麼，後來決定去游泳。我搭電車到港口的海水浴場。我一到就跳進水裡。那兒有許多年輕人。我在水裡遇到瑪莉·卡東娜，她是以前我們辦公室的打字小姐，那時我曾想追她，我想她對我也有意思，但是沒多久她就離職了，我們沒來得及發展。我幫她爬上浮板，做這個動作時輕觸到她的胸部。我還待在水裡，她已經平趴在浮板上，頭轉向我，頭髮掉在眼睛前，嘻嘻笑著。我也攀上浮板挨在她身邊。天氣很好，我像開玩笑似地把頭向後仰，枕在她肚子上。她什麼也沒說，我就繼續枕著。長空如洗，映滿我眼簾，蔚藍且帶著金光的天空。我感覺到後頸下，瑪莉的肚子緩緩起伏。我們在浮板上待了很長時間，半睡半醒。當陽光變得太灼熱時，她跳進水中，我也跟著下水。我追上她，環著她的腰一起游泳。她一直嘻嘻笑著。我們在岸上擦乾身體時，她說：「我曬得比你還黑。」我問她今晚想不想跟我去看電影，她又笑了，說她很想看費南戴爾（Fernandel）演的那部片子。我們換好衣服，她看我打著黑色領帶，有點訝異，問我是否在服喪。我說媽媽死了。她問我是什麼時候的事，我回答：「昨天。」她稍稍往後退，但什麼也沒說。我本想跟她說這不是我的錯，但想到我已經和老闆說過這話了，就忍住沒說。這沒什麼意義。無論如何，人總是多多少少有錯。

到了晚上，瑪莉已經忘了這一切。片子有些地方很好笑，情節實在很蠢。她的腿靠著我的腿。我撫摸著她的胸部。片子快結束時我吻了她，吻得很笨拙。出了電影院，她跟著我一起回家。

我睡醒時，瑪莉已經走了。她之前跟我提過她要去姨媽家。我想到今天是星期天，這令我心煩：我不喜歡星期天。於是，我在床上翻個身，聞著長枕頭上瑪莉的頭髮留下的鹽味，直睡到十點鐘。醒來之後繼續躺在床上抽著菸，直到中午。我不想照習慣到謝列斯特餐廳吃飯，因為他們一定會問我一堆問題，我不喜歡這樣。我煎了雞蛋，就著鍋直接吃，沒配麵包，因為麵包吃光了，也不想下樓去買。

吃完午餐，我有點無聊，就在屋裡晃來晃去。媽媽住在這兒時，這公寓很合適，現在對我來說卻太大了，我只好把飯廳的桌子搬到我房間，只使用這個房間，裡面只有幾張坐墊稍微凹陷的椅子、鏡面已發黃的衣櫃、梳洗台和銅架床；其他的地方都已棄置不用。過了一會兒，我想找點事做，就拿起一份舊報紙來看。我剪下「庫斯申藥用鹽」的廣告，貼在一本我專門貼報紙上好玩的東西的舊筆記本裡。我洗洗手，走到陽台上。

我的房間面向城邊郊區的大馬路。下午天氣很好，然而路面有點濕滑，稀落的行人匆匆走過。最先是出來散步的一家人，兩個穿水手服的小男孩，短褲過膝，在硬挺挺的衣服裡顯得很不自在，還有一個小女孩，繫著粉紅色大蝴蝶結，穿著漆亮的黑皮鞋。他們後面跟著穿著棕色絲質洋裝、體型巨大的母親，以及瘦小孱弱的父親，我曾在附近和他打過照面。他戴著一頂扁平的窄邊草帽，繫著領結，手上拿著手杖。看到他和太太走在一起，我才了解何以街坊都說他是個體面出眾的人。又過了一會兒，經過一群城邊郊區裡的年輕人，塗著髮油，打著紅領帶，穿著緊腰身的外套，外套左上方小口袋裡露出繡花手絹，腳上穿著方頭皮鞋。我想他們要去市中心看電影，所以這麼早出發，大聲笑著朝電車跑去。

他們經過之後，路上漸漸變得空無一人。我想各處的表演節目都已經開始，街上只剩下店鋪老闆和貓。天空澄淨，但路邊成排的榕樹上方並沒有燦爛陽光。對街菸草店老闆搬出一張椅子，放在店門口，跨坐在上面，雙臂搭著椅背。剛才擠滿人的電車，現在幾乎是空的。菸草店旁邊那間「皮耶侯小咖啡館」裡，服務生掃著地上的木屑，咖啡館裡一個人也沒有。真是個星期天。

我也像菸草店老闆一樣把椅子轉過來跨坐，我覺得這樣比較舒服。我抽了兩根菸，進屋拿了兩塊巧克力，回到窗邊吃。過沒多久，天色變得陰暗，我以為會有一場夏日雷雨，但天色又漸漸轉晴。然而，飄過的烏雲像是在街道上留下了降雨的允諾，使它們顯得更陰暗了。我就這樣凝視著天空良久。

五點鐘，電車轟隆隆開來。從郊區體育場載回一群群觀眾，他們高站在踏板上、扶手上。隨後又有電車進站，載回的是球員，我認得他們的小手提袋。他們嘶吼著大聲唱著他們的球隊絕不會失敗，有幾個朝我打招呼，其中一個甚至衝著我大喊：「我們打垮他們了。」我點著頭回他：「是啊。」從這時開始，車輛多了起來。

白日更往前了一些。屋瓦上方的天空泛著紅色，隨著夜色緩緩降臨，街上也跟著熱鬧起來。散步的人漸漸走回來，人群中我又看到那位體面出眾的先生。孩子們有的哭著，有的被拉著走。幾乎在同時間，附近的幾家電影院也湧出大量人潮，其中，年輕小夥子動作比平常更為堅定，我想他們剛才看的是冒險動作片。去市中心看電影的人潮會晚一點才回來，他們看起來比較嚴肅，雖然還是在嘻笑，但不時露出疲倦和若有所思的神情。他們在街上逗留，在對面人行道上走來走去。住在這一區的年輕女孩手挽著手，沒戴帽子或頭巾。年輕小夥子故意和她們擦肩而過，說著笑話，引得她們別過頭去嘻嘻笑。其中有幾個我認識的女孩，向我揮手打招呼。

路燈突然亮起，使得夜空中最先升起的幾顆星星黯然失色。我一直盯著人行道上來去的行人和變化的光線，覺得眼睛很疲倦。路燈把潮濕的路面照得晶亮，電車的燈光也間隔規律地映射在光亮的頭髮、一個微笑，或一只銀製的手環上。不多久，電車班次少了，路樹和街燈上方的夜色已濃，附近不知不覺越來越冷清，直到第一隻貓緩緩穿越再度空無一人的街道。我這才想到，也該吃晚飯了。倚著椅背坐了那麼久，脖子有點痠疼。我下樓買了麵包和麵條，煮了晚餐，站著吃完。我本想到窗邊抽根菸，但天氣轉涼，又覺得有點冷。我走過去把窗戶關上，走回來時，從鏡子裡看到桌子的一角，桌上的酒精燈旁擺著幾塊麵包。我心想，好歹又一個星期天過了，現在媽媽已經下葬，我也要重新回去上班，總之，什麼都沒改變。

3

今天在辦公室很忙。老闆態度親切，問我會不會太累，也問了媽媽的年紀。為了怕搞錯，我回說：「六十多歲。」不知為何他一副鬆了口氣的樣子，好像認為事情結束了。

桌上堆了一疊提貨單，我得全部處理完。離開辦公室去吃午餐前，我先去洗手。我喜歡在中午洗手，而不喜歡傍晚去洗，因為到了傍晚，大家用了一整天的捲滾式擦手巾早已濕答答了。有一次我跟老闆提起這件事，他回我說這雖然遺憾，但畢竟是毫不重要的小事。我稍晚才走出辦公室，十二點半，和出貨部的艾曼紐一起。辦公室面海，我們浪費了一點午休時間看著烈陽下港口裡的貨輪。這時候，一輛卡車在吱吱嘎嘎鍊條聲和爆燃聲中駛了過來。艾曼紐問我「要不要上」，我便開始跑。卡車超越了我們，我們衝向前追趕。我淹沒在噪音和灰塵之中，介於絞盤和機械、地平線上舞動的桅杆，以及我們沿著跑的船身之間，我什麼都看不見，只感受到往前狂奔的凌亂衝勁。我先追到，扶著車借力一躍而上，再把艾曼紐拉上來坐下。我們倆氣喘吁吁，在塵土與陽光之間，卡車跳躍在碼頭凹凸不平的路面上。艾曼紐笑得上氣不接下氣。

到達謝列斯特餐廳時，我們滿身大汗。謝列斯特依舊在那兒，挺著大肚腩，繫著圍裙，白色的小鬍子。他問我「還好吧」，我跟他說好，並說我餓了。我吃得很快，也喝了一杯咖啡。之後我回家，因為喝了太多酒，小睡了片刻，醒來時很想來根菸。時候不早了，我跑著趕上電車。我工作了整個下午，辦公室裡很熱，傍晚下班後，很高興沿著碼頭慢慢走回家。天空是綠色的，我心情很好，但還是直接回家，因為晚上我想煮水煮馬鈴薯來吃。

走上黑漆漆的樓梯時，我撞上住同一層的鄰居老薩朗瑪諾。他帶著他的狗，八年來他們倆形影不離。那隻西班牙獵犬罹患皮膚病，我想是疥癬，害牠毛幾乎掉光，全身布滿一塊塊結痂。老薩朗瑪諾和牠兩個獨自住在一個小房間裡，久而久之和他的狗愈來愈像，臉上也出現淡紅色的結痂，發黃的頭髮愈來愈稀少。狗兒呢，則從主人那兒學來佝僂的姿態，狗鼻向前，脖子僵硬。他們倆看起來像同類，卻彼此嫌惡。一天兩次，早上十一點和下午六點，老頭牽著狗出去散步。八年來，路線從未改變。可以看到他們沿著里昂路向前，先是狗拖著人走，直到老薩朗瑪諾絆倒，他就對狗又打又罵。狗嚇得伏地匍匐，任憑拖拉，這時就換老頭拉著牠往前。等到狗兒忘了剛才的事兒，又重新拖著主人，接著再次被打罵。然後，他們倆停在人行道上對看，狗兒帶著恐懼，老頭帶著怨恨。日日如此。狗想撒尿時，老頭不讓牠有足夠時間，就硬拉著走，西班牙獵犬只好邊走邊滴尿。萬一狗在房間裡撒尿，那又是一陣好打。這情形持續了八年，謝列斯特總是說「真是悲慘」，但實際上，沒人知道箇中原委。我在樓梯上遇到老薩朗瑪諾時，他正在罵狗：「混蛋！髒狗！」狗呻吟著。我說：「晚安」，但老頭依舊罵個不停，我問他狗又怎麼啦，他沒回答，只是說：「混蛋！髒狗！」他彎腰湊向狗，我猜他正在幫牠調整項圈。我提高聲量又問了一次，他背對著我，帶著隱忍的怒氣回答：「牠一直站在這兒。」隨後他拉著狗走了，狗也任由拖著四隻腿往前，一路呻吟。

就在這個時候，同一層樓的第二位鄰居回來了。附近鄰居都說他靠女人過活，但是人家問起他的職業時，他都回答「倉庫管理員」。大致說來，大家都不怎麼喜歡他。但是他經常找我說話，有時還會到我家坐坐，因為我願意聽他說話。我覺得他說話挺有意思。何況，我沒有任何理由不跟他說話。他叫作雷蒙．桑德斯，個子挺矮，肩膀寬，長著拳擊手一般的鼻子，穿著向來整齊乾淨。他提起薩朗瑪諾的時候，也是說：「可不是真悲慘哪！」他問我會不會覺得這樣很討厭，我說不會。

我們一起上樓，我正要回我家時，他說：「我家有香腸和葡萄酒，來和我一起吃點吧？……」我心想這樣就省得做飯，於是接受了。他家也只有一個房間，和一間沒有窗戶的廚房。他的床上方，有個白色粉紅色相間的仿大理石天使塑像、幾張冠軍運動員照片，和兩三張裸女照片。房間髒亂，床也沒整理。他先點亮了汽油燈，然後從口袋裡掏出一個不甚乾淨的繃帶包紮右手。我問他怎麼了，他說剛才和一個故意找麻煩的傢伙打了一架。

「您知道，莫梭先生，」他對我說：「我並不是壞蛋，只是脾氣暴躁。那個傢伙跟我說：『是個男人就從電車上下來。』我說：『行了，冷靜一點。』他就說我不是男人，所以我就下車，跟他說：『夠了，你最好別再鬧，不然我就讓你受點教訓。』他回我說：『什麼教訓？』我就給了他一拳。他倒在地上。我呢，我過去扶他起來，他卻躺在地上踢了我好幾腳，我用膝蓋頂了他一下，再加上兩拳。他臉上都是血。我問他這樣夠了嗎，他回說：『夠了。』」

桑德斯敘述這件事時，一直在裹他的繃帶。我則坐在床上。他說：「您看，不是我愛滋事，是他找我的碴。」他說的沒錯，我也覺得是這樣。之後他說，就這件事，想聽聽我的意見，我是個男子漢，又有社會歷練，可以幫幫他，之後他就會成為我的朋友。我什麼話也沒說，他又問我願不願意當他的朋友。我說我都可以，他顯得很高興。他拿出香腸，放在平底鍋裡煎，擺上酒杯、盤子、刀叉、兩瓶葡萄酒。過程中沒說一句話。之後我們坐上桌。一邊吃，他一邊開始敘述事件的原委，剛開始話中還有點猶豫。「我認識一位女士……也可以說是我的情婦。」和他打架的那個傢伙是那個女人的哥哥。他跟我說他出錢養她，我沒答腔，他立刻又補上話，說知道附近大家對他的評語，但是他問心無愧，而且他是倉庫管理員。

「再說回我的這件事來，」他說：「我發現其中有鬼。」他僅支付她基本生活花費。她的房租是他親自給付，另外每天給她二十法郎的飯錢。「房租三百法郎，六百法郎的伙食費，不時買雙絲襪給她，一個月就一千了。這個女人又不工作，然後跟我說生活拮据，我給的錢不夠用。我跟她說：『妳何不去做個半天兼職呢？那可以減輕許多我小額花費的負擔。我這個月才給妳買了一套洋裝，每天給妳二十法郎，幫妳付房租，妳呢，每天下午和朋友們去喝咖啡，幫她們付咖啡和糖的錢。我給妳錢，對妳好，妳卻這樣回報我。』但她就是不去工作，老是說她沒辦法工作，就是這樣才被我發現其中有鬼。」

他說他在她皮包裡發現一張彩券，她卻沒辦法解釋她是哪來的錢買的。過沒多久，他又發現她身上有一張當鋪「單子」，證明她當了兩只手鐲。在此之前，他根本不知道她有這兩只手鐲。「我非常清楚其中有鬼，所以跟她分手。不過我先揍了她一頓，然後臭罵她，我說她要的只是尋歡作樂。莫梭先生，我是這麼跟她說的：『妳不知道有多少人羨慕我給妳的幸福。妳以後才會體會到我曾經給妳的幸福。』」

他把她毒打到流血。之前，他不曾這樣揍她。「我會打她，但可以說都輕輕打。她會叫幾聲，我把護窗板關上，每次就這樣算了。但現在事態嚴重。對我來說，我還沒把她教訓夠。」

他解釋說正是為了這一點，他需要忠告。他停下話，調整一下燒焦的燈芯。我呢，我一直聽著他說。我喝了將近一公升的酒，太陽穴發燙。我的菸都抽光了，就抽雷蒙的菸。最後幾班電車經過，將喧囂逐漸帶離城郊。雷蒙繼續往下說。他煩惱的是，「他還眷戀她的肉體」，但想要懲罰她。他先是想到帶她上旅館，然後招來「風紀警察」，鬧出醜聞，讓她留下案底。後來，他問了一些混幫派的朋友，他們也沒想出什麼辦法。就像雷蒙對我說的，幫派一點用也沒有，他跟他們說了原委，他們就建議他在她身上「留下個疤」。但這不是他想要的。他還要再想一想。在此之前，他想要求我一件事。而在要求我之前，他想知道我對這整件事的看法。我回答說我沒有什麼看法，但這件事滿有意思。他問我是否也覺得其中有鬼，我呢，我也覺得其中有鬼，他又問我是否該教訓教訓她，要是我會怎麼做，我回答說這很難講，但是我能了解他想懲罰她。我又喝了一點酒。他點了一根菸，對我說出他的計畫。他要寫封信給她，「信裡既要狠狠扁她一頓，又要讓她感到後悔」。等她回心轉意的時候，他就跟她上床，然後「就在辦完事的時候」，朝她臉上吐痰，然後把她趕出去。我覺得這樣的確對她是個懲罰。但是雷蒙覺得自己寫不來這封信，想請我幫他寫。我什麼都沒說。他問我介不介意現在立刻就寫，我回答不介意。

於是他喝了一杯酒之後站起身，把盤子和所剩無幾的冷香腸推到一邊，仔細擦拭了桌上鋪的防水桌布。他從床頭桌的抽屜裡拿出一張方格紙、黃色信封、一枝紅色木頭筆桿的小蘸水鋼筆、方瓶裝著的紫色墨水。他一跟我說那個女人的姓名，我就知道她是摩爾人。我動筆寫信。我有點隨便寫寫，但還是想讓雷蒙滿意，因為我沒有理由讓他不高興。寫好後我高聲唸出，他邊聽邊抽菸，不停點頭，然後叫我再唸一遍。他非常滿意，說：「我就知道你有人生歷練。」我剛開始沒注意到他以「你」相稱，直到他宣稱：「現在你是我真正的哥兒們」，我才驚覺。他又重複說了一次，我才說：「是啊。」當不當他的哥兒們我都無所謂，但他一副很想跟我做朋友的樣子。他封好信，我們把酒喝光。之後兩人什麼都沒說，抽了一會兒菸。外頭一片寂靜，我們聽見一輛汽車滑行而過。我說：「很晚了。」雷蒙也覺得晚了，他感覺時間過得飛快，從某種意義上來說，的確如此。我睏了，但連站起來都難。我的樣子一定很疲憊，因為雷蒙跟我說要振作起來。一開始我沒聽懂，他跟我解釋他得知媽媽死了的消息，但這是遲早會發生的事。我也是這麼想。

我站起身，雷蒙緊緊握著我的手，對我說，同樣身為男人，我們必能彼此了解。從他家走出來，關上門，我在黑暗的樓梯間待了一會兒。整棟樓靜悄悄，從樓梯底處湧上來一股陰鬱潮濕的氣息。我只聽聞耳底嗡嗡作響的脈搏聲。我站著不動。老薩朗瑪諾的房間裡，狗正在低聲呻吟。

4

這一整個星期我努力工作。雷蒙來過，告訴我他把信寄出去了。我和艾曼紐去看了兩次電影，銀幕上演的有些地方他看不懂，我得解釋給他聽。昨天是星期六，瑪莉按約定來了。我對她滿懷欲念，因為她穿了一件紅白條紋的美麗洋裝和皮製涼鞋。堅挺的胸部若隱若現，被太陽曬成古銅色的臉蛋像朵花。我們搭公車到阿爾及爾幾公里外的一處海灘，岩石環繞著海灘，臨陸地這側長滿一排蘆葦。下午四點的陽光不會太烈，但海水溫熱，捲著和緩而慵懶的小浪花。瑪莉教我玩一個遊戲，那就是游泳的時候，吸一口浪上的水，嘴裡噙滿水沫之後，翻轉身來，朝天吐出。吐出的水沫會形成一股泡沫般的蕾絲消失在空氣中，或像溫熱的雨重新噴落在臉上。但過了一會兒，我的嘴就被鹽分弄得刺痛。瑪莉游過來，在水中緊貼著我。她的嘴貼上我的，舌頭清新了我的嘴唇，我們在浪中翻滾了一會兒。

我們回到岸上穿衣服時，瑪莉凝視著我，雙眼晶亮。我吻了她。從這時開始，我們沒再說話。我攬著她，趕著去搭公車回到我家，跳上床。我任由窗戶開著，我們曬成古銅色的肌膚感受著夏日夜晚，很舒服。

隔天早上，瑪莉留在我家，我就說中午一起吃飯。我下樓買肉，回來時，聽到雷蒙的房裡有女人的聲音。不久之後，老薩朗瑪諾開始罵他的狗，我們聽到樓梯間木頭階梯傳來鞋底和狗爪的聲音，以及「混蛋！髒狗！」他們出門了。我把老人的事告訴瑪莉，她笑了起來。她穿著我的睡衣，袖子捲起來，她一笑，我又渴望她了。過了一會兒，她問我是否愛她。我回她說這沒有任何意義，但我感覺是不愛。她露出悲傷的神情。但是準備午餐時，她又沒來由地笑起來，她笑起來的模樣引得我又吻了她。這時，雷蒙家爆發出爭吵的聲音。

先是聽見一個女人尖銳的聲音，接著是雷蒙說：「妳騙了我，妳騙了我，我要好好教訓妳。」接著傳出幾聲悶響，然後女人開始大叫，叫聲如此淒厲，樓梯間立刻擠滿了人。瑪莉和我也跑出房間。女人不停尖叫，雷蒙繼續打她。瑪莉跟我說這太恐怖了，我沒回答。她要我去找警察來，我回答說我不喜歡警察。然而，住在三樓那個水管工去找了個警察來。警察一敲門，就什麼聲音都聽不到了，他更用力地敲，過了一陣子，女人又發出哭聲，雷蒙打開門。他嘴裡叼根香菸，滿臉虛情假意。女人趕忙衝到門口，跟警察說雷蒙打她。「你的名字，」警察問，雷蒙報上名字。「回話的時候，把你嘴上的香菸拿掉，」警察說。雷蒙遲疑了一下，看看我，然後吸了一口菸。警察用力在他臉上甩了一個大耳光，香菸被打飛到幾公尺外。雷蒙臉色一變，但當下什麼也沒說，只唯唯諾諾問能不能撿回香菸。警察說可以，但緊接著說：「下次你就知道警察不是好惹的。」那個女人一直哭，重複地說：「他打我。他是個拉皮條的。」

——「警察先生，」雷蒙問：「說人是拉皮條的，這難道合法嗎？」警察命令他「閉嘴」。雷蒙轉身對著女人，對她說：「妳等著，小妞，我們還會見面的。」警察叫他閉嘴，說女人可以離開，他則得留在家裡等候警局傳喚。他還說雷蒙醉得抖個不停，應該覺得羞恥。雷蒙解釋說：「我沒喝醉，警察先生，只不過站在您面前，就發抖了，這沒法控制。」他關上門，大家也都散了。瑪莉和我做好午餐，但她不餓，幾乎都是我在吃。她一點鐘走了，我又小睡了一會兒。

將近三點鐘時，有人敲門，是雷蒙來了。我繼續躺在床上，他坐在我床邊。他好一陣子沒說話，我問他事情發生的經過。他說他做了想做的事，但她打了他一耳光，所以他就揍她，接下來的事我都看到了。我跟他說，我覺得那個女的已經受到懲罰，他應該高興才是。他也這麼覺得，又說儘管警察介入，也改變不了她被揍的那些拳頭。他又說他很了解警察，知道怎麼應付他們。他問我是否希望他對警察打他那一巴掌做出回應，我說我沒希望什麼，而且我不喜歡警察。雷蒙看起來很高興，問我想不想跟他出去走走。我從床上爬起來，開始梳頭。他說我得當他的證人，我都無所謂，只是不知道該說些什麼。根據雷蒙所言，只要說那女人騙了他就行了，於是我就答應當他的證人。

我們走出門，雷蒙請了我一杯白蘭地，又和我打了一局撞球，我差一點點就贏了。之後他又想上妓院，我拒絕了，我不喜歡這個。我們慢慢走回家，他跟我說成功懲罰了情婦，他開心極了。我覺得他對我很友善，也覺得和他一起度過了愉快的時光。

我遠遠看見老薩朗瑪諾站在門口，神情激動不安。一走近，我發現狗沒在他身邊。他四下張望，轉來轉去，盯著黑漆漆的走廊好像要穿視什麼，嘴裡嘟嘟囔囔說著不成句的單字，充血的小眼睛掃視著街道。雷蒙問他怎麼回事，他沒有馬上回答。我依稀聽見他低聲喃喃：「混蛋！髒狗！」還是一副激動的神情。我問他狗到哪兒去了，他生硬地回答說牠跑掉了。突然間他又滔滔不絕地說：「我跟平常一樣帶牠到大廣場去，市集攤子旁邊人很多。我停下來看了一會兒『逃脫之王』。看完想走時，牠就不見了。當然，我早就想幫牠買個小一點的項圈，但我真沒想到這隻髒狗竟然就這樣跑了。」

雷蒙跟他說狗可能走失了，自己會找回來。他還舉了一些狗走了幾十公里自己尋回主人家的例子。儘管如此，老人模樣更不安了。「他們會把牠抓走，你們明白嗎。如果有人肯收容牠還好，但這不可能，牠身上的結痂任誰都覺得噁心。捕狗隊會把牠抓走，一定的。」我跟他說可以到收容所去看看，繳點費用就可以把狗領回來。他問我費用高不高，我也不知道。他開始發火：「為這髒狗花錢，啊！牠死了也就算了！」接著破口大罵。雷蒙笑笑走進樓裡，我跟著進去，上了樓便各自回家。過了一會兒，我聽見老薩朗瑪諾的腳步聲，他敲了我的房門。我打開門，他在門口站了一會兒，說：「對不起，對不起。」我請他進屋，但他不肯。他盯著自己的鞋尖，滿是結痂的雙手顫抖著。他沒抬頭看我，問：「您說，他們不會把牠抓走吧？莫梭先生。他們會把牠還給我吧。要不然我怎麼辦呢？」我說看守所會把狗留置三天，等著主人來領，超過了時間，就隨他們處置了。他默默地看著我，之後跟我說：「晚安。」他關上房門，我聽見他來來回回踱步，他的床嘎嘎作響。穿過隔牆傳來奇怪的細微聲響，我這才明白他哭了。我不知為何想到了媽媽。但是隔天還得早起。我不餓，沒吃晚餐就睡了。

5

雷蒙打電話到辦公室來找我。他說他一個朋友（他曾跟這位朋友提過我）邀我這星期天去他在阿爾及爾附近的海邊小木屋玩。我回答說我很樂意，但星期天已經和一個女性朋友約好了。雷蒙馬上說也邀請她一起來。他那朋友的太太在一堆男生裡有個女生作伴，一定會很高興。

我想趕快掛掉電話，因為我知道老闆不喜歡我們接外線電話。不過雷蒙要我等一下，說本來可以等當晚再轉達這個邀約，但是他還想告訴我另一件事。他被一群阿拉伯人跟蹤了一整天，其中一人就是前任情婦的哥哥。「如果今晚你回家時看到他們在附近，就通知我。」我說當然。

過了不久，老闆叫我過去，當下我有點不安，以為他要叫我少打電話，多做事。結果根本不是這回事。他說想跟我談談一個尚未成形的計畫，只是想先問問我的意思。他想在巴黎設置一間辦公室處理當地業務，直接跟各大公司洽商，他想知道我願不願意去，這樣我就得以住在巴黎，一年之中有許多時間可以去旅行。「您還年輕，我覺得您應該會喜歡這樣的生活。」我說是啊，但內心裡卻覺得無所謂。他又問我是否希望改變生活，我回答說人永遠無法改變生活，反正什麼樣的生活都是一樣的，我一點也不討厭我目前的生活。他滿臉不高興，說我總是答非所問，我沒有野心，這點在商場上非常糟糕。之後我又回去繼續工作。我也不希望令他不高興，但是我看不出有什麼要改變生活的理由。仔細想想，我並不覺得不快樂。在學生時期，我曾有過許多類似的野心，但是不得已放棄學業之後，我很快就了解到那些其實沒有任何重要性。

當晚，瑪莉來找我，問我想不想和她結婚。我說我都無所謂，如果她想，我們也可以這麼做。她想知道我愛不愛她，我的回答就和上次一樣，這問題毫無意義，但毫無疑問我不愛她。「那為什麼要娶我？」她問。我向她解釋說這真的一點都不重要，如果她想，我們就結婚。再說，是她先問的，那我說好就行了。她認為婚姻是件嚴肅的事，我回答：「不是。」她沉默地注視了我一陣子。她又開口說話，想知道如果是另外一個我也同樣喜歡的女人提出同樣的建議，我是否會接受。我說：「自然會啦。」她自問是否愛我，這一點我無法得知。又一陣沉默之後，她低聲說我很怪，無疑是因為這樣她才愛上我，但是或許有一天，她會因同樣的理由厭惡我。我一言不發，沒什麼可說的，她微笑地拉著我的手臂，說她想跟我結婚。我回答說她想什麼時候結婚，我們就結。我跟她說起老闆的提議，瑪莉說她想到巴黎看看。我告訴她我曾在巴黎住過，她問我那裡怎麼樣。我說：「很髒，很多鴿子，陰暗暗的庭院。人們皮膚都很白。」

我們走大馬路穿過市區。街上的女人都很漂亮，我問瑪莉有沒有注意到，她說注意到了，並說能懂我的意思。接下來一會兒，我們沒再交談，但是我希望她留下來陪我，提議去謝列斯特餐廳吃晚飯。她也很想，但還有別的事。我們走到我家附近時，我跟她說再見。她看著我：「你不想知道我有什麼別的事嗎？」我想知道，只不過沒想到要問，她好像因為這一點責怪我。看著我侷促不安的模樣，她又笑了，整個身體靠了過來，獻上她的唇。

我到謝列斯特餐廳吃晚飯。我已經開動的時候，走進來一個奇怪的矮小女人，問我能否和我共桌。當然可以。她的動作急促而不連貫，蘋果型小圓臉上的眼睛晶亮。她脫掉短外套，坐下，急躁地翻閱菜單，叫來謝列斯特，立刻把餐點全部點齊，語音精確而急促。等待冷盤的當兒，她打開包包拿出一小張紙和鉛筆，預先計算好帳單總額，從小錢包裡拿出錢數，加上小費，把分毫不差的餐費擺在面前。這時冷盤送來了，她火速地吞下。等下一道菜的當兒，她又從包包裡拿出藍色鉛筆和一本刊載本周廣播節目的雜誌。她仔細地一個一個勾選，幾乎把所有的節目都勾了。那本雜誌有十幾頁，整餐飯她都在細心勾選。我都已經吃完了，她還專心一致地繼續。之後她站起身，以同樣如機器人般精確的動作穿上外套離去。我沒什麼事，就跟著走出去，跟在她後面走了一會兒。她沿著人行道邊緣，以難以置信的速度和篤定筆直往前，既沒走錯路也沒回頭看。走著走著，我看不見她的人影，便折回自己的路。我心想她真是個奇怪的人，但很快就忘了她。

我回到家，看到老薩朗瑪諾在門口。我請他進屋，他告訴我他的狗真的丟了，因為牠不在收容所。收容所人員跟他說狗或許被車子撞死了。他問去警察局是否查得到，他們回答說這種事不會留下紀錄，因為每天都會發生。我跟老薩朗瑪諾說他可以再養一隻狗，他說已經習慣這隻狗了，他說的沒錯。

我蹲在床上，薩朗瑪諾則坐在桌前一張椅子上。他面對著我，兩手放在膝蓋上。頭上還戴著他那頂舊氈帽，枯黃的鬍鬚下嘟囔著沒頭沒尾的句子。我覺得他有點煩人，但我沒什麼事要做，也不睏。為了找話說，我問他那隻狗的事。他跟我說那狗是他在妻子過世後養的。他晚婚。年輕時他想演戲，當兵時他曾在軍中通俗歌舞劇團演出。但最後他進了鐵路局，他並不後悔，因為這讓他有一筆小小的退休金。他和妻子的生活並不幸福，但整體來說，他對她已經十分習慣了。當她死的時候，他感到非常孤單，就跟鐵路局同事要一隻狗來養。這隻狗抱來的時候還很小，得用奶瓶餵。狗的壽命比人短，所以到最後他們一起變老了。「牠脾氣很壞，」薩朗瑪諾說：「我們不時會吵架。但牠還是隻好狗。」我說牠是品種優良的狗，薩朗瑪諾聽了顯得很高興。「而且，」他補充說：「您還沒看到牠生病以前的樣子呢，最漂亮的就是牠那身毛。」自從狗得了這皮膚病之後，薩朗瑪諾每天早晚都幫牠搽藥膏。不過據他的說法，牠真正的病，是老化，而老化是無法治癒的。

這時候，我打了個呵欠，老薩朗瑪諾說他該走了。我跟他說可以留下沒關係，並且對狗的遭遇表示遺憾。他向我道謝。他說媽媽很喜歡他的狗。說到她時，他以「您可憐的母親」稱之。他猜想媽媽死後，我一定很難過，我沒答腔。於是他立刻神情尷尬地接著說，他知道街坊鄰居對我風評很差，因為我把自己母親放到養老院去，但是他了解我，知道我很愛媽媽。我也不知道當時為什麼會這樣回答——我說直到現在我都不知道大家因為這件事對我風評很差，但是我認為送到養老院是很自然的事情，因為我沒有足夠的錢請人來照顧媽媽。「何況，」我加上一句：「她已經很久跟我都沒什麼話好說，她一個人很無聊。」「是啊，」他說：「在養老院至少還能交到一些同伴。」之後他起身告辭，要回去睡覺了。現在他的生活改變了，他還不知道該怎麼辦。自從我們認識以來，他第一次怯生生地伸出手，握手時我感覺到他硬如鱗甲的皮膚。離去前他稍露微笑，對我說：「希望附近的狗今夜別亂叫，不然我老是會以為是我家的那隻。」

6

星期天，我實在爬不起來，瑪莉又喊又搖才把我叫醒。我們想早點去游泳，所以早上先不吃東西。我覺得人整個空空的，頭還有點痛。香菸抽起來都有一股苦澀味道。瑪莉取笑我，說我「一張喪禮的臉」。她穿了件白色平紋布洋裝，頭髮放下來。我跟她說她很美，她開心地笑了。

下樓時，我們敲了敲雷蒙的房門。他回說馬上就下樓。一走到街上，我因為疲倦，也因為我們在屋裡時沒拉開百葉窗，外頭強烈的陽光像是給了我一巴掌。瑪莉開心地蹦蹦跳跳，不斷地說著天氣真好。我感覺好些了，也覺得餓了。我告訴瑪莉，她亮給我看她的防水帆布包包，裡面放了我們兩人的泳衣和一條浴巾，我也只能等了。我們聽見雷蒙關門的聲音，他穿著藍色長褲，白色短袖襯衫，卻戴了一頂扁草帽，瑪莉看了直笑。他的小臂襯著黑色體毛，顯得非常白，我看了覺得有點噁心。他吹著口哨下樓，神情非常開心。他跟我說：「嗨，老兄」，然後稱瑪莉「小姐」。

前一天，我們去了警局，我作證說那個女的「欺騙」了雷蒙。警察只告誡了雷蒙，也沒查對我的證詞。我和雷蒙在門口討論了一會兒昨天那件事，然後我們決定去搭公車。海灘並不遠，但搭公車還是比較快。雷蒙想他朋友會很高興我們早點到。正要出發時，雷蒙突然對我打個手勢，叫我看對面。我看到一群阿拉伯人背靠在菸草店的鋪面。他們沉默地看著我們，以他們阿拉伯人的方式，就好像我們是石頭或是枯樹。雷蒙跟我說左邊算過來第二個就是那個傢伙。他的樣子有點擔心，但又接著說，那件事現在已經結束了。瑪莉聽不太懂，問我們發生了什麼事。我說那些阿拉伯人找雷蒙麻煩。她要我們立刻出發。雷蒙挺直身子，笑著叫我們快點。

我們朝著稍遠處的公車站牌走去，雷蒙說那些阿拉伯人沒跟過來。我轉過頭，他們還待在原處，以同樣漠然的眼光注視著我們剛才離開的地方。我們坐上公車，雷蒙顯出大鬆一口氣的樣子，不停和瑪莉開玩笑。我感覺他很喜歡瑪莉，但她幾乎不怎麼搭理他，只是有時笑笑看著他。

我們在阿爾及爾的郊區下車。海灘距離公車站牌不遠，但必須穿過一小片俯瞰大海的高地，再從斜坡往下通到海灘。高地覆滿泛黃的石頭，藍得徹底的天空下長滿純白的阿福花。瑪莉好玩地大力揮動防水帆布包包，弄得花瓣四散。我們走在一排排小別墅之間，別墅圍著綠色或白色的圍籬，有幾間連同陽台都隱沒在檉柳樹叢下，有幾間卻裸露在石頭地上。還沒走到小高地盡頭，已經可以望見平靜無波的大海，以及遠方矗立在清澈海水中懶洋洋的巨大岬角。靜謐的空氣裡傳來隱約的馬達聲，我們看到非常遠的地方，一艘小拖網漁船在波光粼粼的海上，用難以察覺的速度往前進。瑪莉摘了幾朵長在岩石間的鳶尾花。從面海的斜坡望下去，我們看見海裡已經有幾個人在游泳了。

雷蒙朋友的小木屋在海灘盡頭。屋子背倚著岩石，支撐屋子前端的木樁已經浸在水中了。雷蒙為我們介紹，他朋友叫作馬松，高頭大馬，虎背熊腰，他太太則嬌小豐滿，非常親切，說話帶著巴黎口音。他立刻跟我們說要我們別拘束，他準備了一些炸魚，是早上他自己抓的。我稱讚他的屋子很漂亮，他跟我說每個星期六、日和所有放假日他都來這裡，然後又加上一句：「和我太太一起，我們倆處得很好。」那時，他太太正和瑪莉哈哈笑著。這或許是我第一次真的想到我要結婚。

馬松想去游泳，但他太太和雷蒙不想，我們三個就走下海灘，瑪莉立刻跳到水裡，馬松和我則等了一會兒。他說話慢慢的，我注意到他無論說什麼，都習慣加上一句「還不只這樣呢」，但其實並沒有添加任何意義。例如說到瑪莉，他跟我說：「她很出色，還不只這樣呢，很迷人。」之後我就不再注意這個口頭禪，因為我全心全意感受太陽帶來的舒暢。腳底下的沙子開始發燙。我還在克制想下水的欲望，到最後仍是跟馬松說：「我們下水吧？」我跳進水裡，他則緩緩走進水中，直到腳踩不到底了才縱身入水。他游蛙式，泳技很爛，所以我撇下他去和瑪莉會合。海水很涼，我開心地游著。我和瑪莉一起愈游愈遠，感覺彼此姿勢動作很合拍，兩人都很愜意。

游到海中央，我們翻過身仰泳，太陽將我朝天的臉上最後一層流到我嘴裡的水沫也蒸發了。我們看見馬松回到岸上，躺在陽光下。從遠處看去，他顯得龐然。瑪莉說要我們一起游，我靠在她身後，抱著她的腰，她雙臂划動往前，我則腳踢水助她前進。一早上拍踢水的聲響縈繞不絕，直到我覺得疲乏了。我留下瑪莉，規律地深吸吐氣游回岸邊。回到沙灘上，我趴在馬松旁邊，臉埋進沙子裡。我說「感覺真好」，他也這麼覺得。不久之後，瑪莉也回來了，我轉過身看著她走過來。她全身沾著鹹鹹海水，頭髮朝後攏。她側臥在我身邊，身上散發的溫熱和太陽的暖熱令我昏昏欲睡。

瑪莉搖搖我，說馬松已經回家，該是午飯時間了。我立刻爬起來，因為我餓了，但瑪莉說我從早上到現在都還沒親吻她。這是真的，而且其實我很想。

「到水裡來，」她跟我說。我們奔向大海，躺平在第一層浪花之間。我們划了幾下水，她過來緊靠著我，我感受到她的雙腿環繞著我的腿，我升起想要她的欲望。

等我們回到岸邊，馬松已經在喊我們了。我說肚子很餓，馬松立刻和他太太說他喜歡我這個人。麵包很可口，我狼吞虎嚥吃完我那份魚。接著還有肉和油炸馬鈴薯。我們靜靜地吃著。馬松不時舉杯喝酒，也不停幫我倒。到了喝咖啡時，我頭已有點沉重，也抽了很多菸。馬松、雷蒙和我討論著八月大家平攤費用一起到海邊度假。瑪莉突然說：「你們知道現在幾點嗎？十一點半。」我們都很吃驚，但馬松說我們很早就開始吃，這很正常，因為肚子餓的時候，就是該吃午飯的時間。我不知這話何以令瑪莉哈哈大笑。我想她有點喝多了。馬松問我要不要和他到海灘散散步。「我太太午飯後一定要睡午覺。我呢，不喜歡這樣，飯後我得走一走。我老跟她說這樣有益健康。不過呢，她有睡午覺的權利。」瑪莉說她留下來幫馬松太太洗碗。那位嬌小的巴黎女士說，這樣的話，就得把這些男人趕出門去。我們三個就走到海灘上。

太陽幾乎垂直照射著沙灘，海面上反射的光線令人難以忍受。沙灘上現在空無一人。俯瞰大海的小高地兩側的小木屋傳來碗盤刀叉的聲響。地面石頭蒸騰而上的熱氣讓人無法呼吸。剛開始，雷蒙和馬松談著一些我不認識的人與事，我因而明白他們認識已久，甚至有一陣子住在一起。我們先是朝著水走去，然後沿著海走。有幾次，浪頭較長的小浪花濺濕我們的帆布鞋。我什麼也沒想，因為這陽光打在我沒戴帽的頭上，令我半昏半睡。

這時，雷蒙跟馬松說了句什麼，我沒聽清楚。但我同時看見，在離我們很遠的海灘另一端，有兩個穿藍色帆布工作服的阿拉伯人正朝我們走過來。我看看雷蒙，他跟我說：「是他。」我們繼續前進。馬松問他們怎麼會一直跟蹤我們到這裡。我想他們一定是看到我們拎著海灘袋搭公車，但我什麼也沒說。

那兩個阿拉伯人緩緩前進，已經大幅靠近我們了。我們沒有改變步伐，但雷蒙說：「如果打起來的話，你，馬松，你對付第二個。我呢，我負責我那個傢伙。你，莫梭，如果冒出第三個，就交給你。」我說：「好。」馬松把兩手插到口袋裡。火燙的沙子現在好似變成了紅色。我們步伐一致地朝向阿拉伯人，和他們之間的距離逐漸縮減。就在相隔幾步遠的地方，阿拉伯人停了下來。馬松和我慢下腳步，雷蒙則逕自向他的對手走去。我沒聽清楚他和那傢伙說了什麼，但對方做了個用頭撞他的姿勢。於是雷蒙開打了，也立刻叫喚馬松加入。馬松朝向剛才指定的那個對手，使盡全力揮了兩拳。那個阿拉伯人直挺挺倒在水中，臉朝下，就這樣待了幾秒鐘，頭兩旁的水面浮冒出水泡。在這同時，雷蒙也把對手打得鮮血滿面。雷蒙轉頭跟我說：「我讓你看看我怎麼教訓他。」我朝他大喊：「小心，他有刀！」但雷蒙的手臂已經被割了一刀，嘴也被劃了一道口子。

馬松往前一躍，但是另外那個阿拉伯人已爬起身來，站在持刀的那個後面。我們不敢輕舉妄動。他們緩緩向後退，眼睛盯著我們，亮著刀威嚇。當他們退到一定範圍時，就飛快逃走，我們呆站在太陽下不動，雷蒙緊握住滲出血的手臂。

馬松立刻說有位醫生每周都會來小高台那兒度星期天。雷蒙想馬上就去，但他一開口講話，嘴巴的傷口就冒出一堆泡泡。我們扶著他盡快先回小木屋。到了小木屋，雷蒙說他的傷口只是表面，他可以走去看醫生。他和馬松一起去，我則留下來向兩位女士解釋發生的事。馬松太太哭了起來，瑪莉臉色非常蒼白。我呢，為了必須向她們解釋而覺得很厭煩。最後我閉上嘴，望著大海抽菸。

快一點半時，雷蒙和馬松回來了。他手臂包紮繃帶，嘴角貼著膠布。醫生說毫無大礙，但雷蒙臉色非常陰鬱。馬松試著逗他開心，但他始終一言不發。他說要回海灘上，我問他打算去哪兒。馬松和我都說要陪他一起去，他便開始發脾氣，還罵我們。馬松說最好別惹火他。我呢，還是跟著他去了。

我們在沙灘上走了很久。太陽現在炙熱得壓死人。陽光在沙子上、海水上碎裂成千萬片。我本來以為雷蒙知道要往哪裡去，但顯然並不是這樣。在沙灘盡頭，我們最後走到一條從大岩石後方流淌到沙灘上的小泉水。在那裡，我們看到那兩個阿拉伯人。他們穿著油汙的藍色工作服躺在地上，一臉平靜、甚至表情愉快，並未因我們的出現而改變。剛才攻擊雷蒙的那個一言不發地看著他。另外那個眼角瞄著我們，一邊吹著一根短蘆笛，不停地重複吹著僅能吹出的三個音。

在這段時間裡，只有陽光和寂靜，夾雜著泉水和三個音符的聲音。雷蒙把手伸進裝著手槍的口袋，但對方一動也不動，繼續彼此對峙。我注意到吹蘆笛的那個腳趾頭分得很開。雷蒙依舊盯著對手，問我：「開槍斃了他？」我想若我說不，他會更被激怒，必定會開槍，所以僅說：「他還沒說話，這樣開槍很卑鄙。」在這寂靜與燠熱之中，我們又聽到低微的水聲和蘆笛聲。雷蒙說：「那麼，我先罵他，他一回嘴我就斃了他。」我回答說：「沒錯。但要是他沒亮出刀，你就不能開槍。」雷蒙開始有點激動起來。那傢伙還吹個不停，兩個人觀察雷蒙的每個動作。「不，」我對雷蒙說：「一對一直接對打，把手槍給我。若另外那個插手，或是他亮出刀子，我就開槍斃了他。」

雷蒙把手槍交給我時，陽光滑射在上面。我們依舊一動也不動，彷彿周圍的一切向我們包圍合攏。我們眼睛眨也不眨地彼此互視，一切停止在這一刻，在海洋、沙灘、太陽，以及蘆笛和水的雙重寂靜之間。此時，我心想可以開槍也可以不開槍。但突然間，兩個阿拉伯人悄悄溜到岩石後面了。雷蒙和我原路折返，他顯得心情好多了，還談到回程的公車。

我陪他一路走回小木屋，當他登上木製樓梯時，我還待在第一級階梯下，滿腦子陽光嗡嗡作響，光想到要奮力登木梯上樓、跟兩位女士交談，就很洩氣。但是天氣如此炎熱，待在從天而降如雨般刺眼的陽光下不動，也很難耐。待在這兒或是離開，其實也一樣。過了一會兒，我回到沙灘上，開始往前走。

還是爆炸般火紅的太陽。沙灘上，海水急促而壓抑的呼吸喘息著，吐出一波波小浪。我慢慢朝著岩石堆走去，感覺腦門在陽光下逐漸腫脹。整個燠熱壓在我身上，阻礙我前進。每當我感受到一大股熱氣撲襲到臉上，就咬緊牙根，握緊插在口袋裡的拳頭，全身抵抗烈陽和那傾瀉到我全身的晦暗暈眩。每一道從沙灘上反射白色貝殼或碎玻璃而飛射出的光芒之劍，都讓我的下顎一陣緊縮。我走了很久。

我遠遠望見那一小堆深色岩石，海水的光線和蒸塵在上頭圍繞出一圈刺眼的光暈。我想到岩石後面清涼的泉水。我很想再聽到那水流的輕響，很想逃離陽光、任何花力氣的事，還有女人的哭泣，很想尋找陰涼和休憩。但當我走近岩石，看到雷蒙的對手又回到那兒了。

他單獨一人，躺著休息，雙手枕在頸後，前額在岩石陰影下，整個身體則在陽光下。他的藍色工作服在熱氣中蒸騰。我有點訝異又看到他。對我來說，那件事已經結束，我來這裡壓根沒想剛才發生的事。

他一看見我就稍微坐起身，把手放進口袋裡。我呢，當然很自然地握緊上衣口袋裡雷蒙的手槍。他又朝後躺下，不過手還放在口袋裡。我距離他滿遠的，十幾公尺來外。從他半閉的眼睛裡，我不時窺見他投過來的眼光。但大部分的時間，他的影像在我眼前、在灼熱的空氣中跳動。海浪的聲音比正午時更慵懶，拉得更長。同樣的太陽，同樣的光線，照射在同樣的沙灘上，沒完沒了。已經兩個鐘頭了，日頭都沒有移動，太陽在滾燙的金屬海面上定了錨。我還直盯著那個阿拉伯人，眼角餘光瞄到海面上一個黑點，我猜是一艘小汽船駛過。

我心想只消轉身回去，這一切便結束了。但是整個陽光顫動的海岸在我身後催逼著我。我朝著泉水走了幾步。阿拉伯人沒有動。反正，他離得還相當遠。或許是因為他的臉在陰影裡，感覺像是在笑。我等待著。陽光灼傷了我的雙頰，我感到汗珠在眉毛上聚集。這陽光和媽媽下葬那天的陽光一樣，我也和那天一樣腦門特別疼，所有的血管在皮膚下一起跳動。我無法再忍受這熱燙，便往前挪了一步。我知道這很蠢，往前一步並不能擺脫這烈陽。但我往前走了一步，僅僅一步。這一回，阿拉伯人還是沒起身，但抽出刀子亮在陽光下。光線迸射在鋼刃上，像閃耀的刀鋒刺上我的額頭。這一刻，眉毛上聚集的汗珠一股腦流到眼皮上，罩上一層溫熱厚重的簾幕。在這淚水和鹽水的簾幕之下，我眼睛根本看不見了。我只感覺太陽像鐃鈸般敲擊著我的額頭，模模糊糊中，刀刃閃耀的反光一直在我面前晃動。這把灼熱的劍折磨著我的眼瞼，直刺到我疼痛的雙眼裡。這時一切都搖晃不定。海洋噴發出一陣濃厚而炙熱的氣息。我感覺整個天空大大敞開，下著火雨。我全身緊繃，手緊握著手槍。扳機扣動，我觸摸光滑的槍身，就在這時，在一聲乾澀卻又縈繞不絕的聲響中，一切開始了。我抖落汗水和陽光，明白自己破壞了這一天的平衡，破壞了我之前覺得愜意的海灘上難得的沉靜。之後，我又朝著無反應的身軀開了四槍，子彈陷入身軀連看都看不到。就好像我在厄運之門上短促地敲了四下。

第二部

1

我被逮捕之後，立即被訊問了好幾次。但都只是調查身分，時間不長。第一次是在警察局，我的案件好像沒人關心。相反的，八天之後，預審法官好奇地猛盯著我瞧。但一開始，他只問我名字、住址、職業、出生日期和地點。之後他問我是否已找好律師，我說沒有，問他是否絕對需要律師。「為什麼這麼問？」他說。我回答說我覺得自己的案件很單純。他微笑著說：「這是您的看法。然而，法律如此規定。如果您不找律師，我們會指派一位給您。」我覺得法院包辦這些瑣事，相當便民。我這麼跟他說了。他贊同我的話，並做出結論說法律制定得很完善。

剛開始，我並沒有嚴肅地看待他。他在一間窗簾垂掛的房間裡接見我，辦公桌上只有一盞檯燈，照亮他要我坐下的扶手椅，他自己則在暗處。我曾在書裡看過類似的描寫，所以這一切讓我感覺像是一齣戲。但是我們談完話之後，我看著他，看見他相貌端正，藍色眼睛深陷，身材高大，灰色的長鬍子，一頭幾乎全白的濃密頭髮。他讓我感覺非常理智，而且總括一句話，很和藹，只除了嘴角出現某些神經質的抽搐。走出來時，我甚至想伸出手和他握手，但及時想到，我殺了人。

次日，一位律師到監獄來看我。他身材矮胖，年紀頗輕，頭髮仔細上了髮油。儘管天氣炎熱（我把外套脫了），他仍穿著一套深色西裝，襯衫領子漿直翻摺，繫著一條黑白寬條紋的怪異領帶。他把夾在手臂下的公事包放在我床上，自我介紹後，跟我說他已研究過我的檔案。我的事件很棘手，但只要我信任他，他相信會打贏官司。我向他致謝後，他對我說：「那我們就直接切入正題吧。」

他坐在床上，對我解釋說他們已經調查了我的私生活，知道我母親不久前在養老院過世了。於是他們去馬恆溝做了一番調查，預審法官得知媽媽下葬那天，「我顯得無動於衷」。「請您理解，」律師跟我說：「問您這個讓我有點尷尬，但這很重要，如果我無法回答的話，這將是控告中致命的一個論據。」他要我幫助他。他問我那天覺得難過嗎。他這個問題令我非常驚訝，如果要我問別人這個問題，我一定覺得很為難。但我回答說我有點喪失自省的習慣，因此無法回答他這個問題。毫無疑問，我愛媽媽，但這不代表什麼。所有健全的人都多多少少希望他們所愛的人死去。說到這兒，律師打斷我，而且顯得很激動。他要我答應絕不在庭上、也不在預審法官面前說這句話。我告訴他，我這個人的天性就是生理需求經常會干擾我的情感。媽媽下葬那天，我非常疲倦，很想睡。因此我並沒有意識到究竟發生了什麼事。我唯一能肯定的，就是我寧願媽媽不要死。但律師看起來並不滿意，跟我說：「這樣還不夠。」

他思考了一下，問我他是否能說那天我克制了自然情感。我說：「不行，因為這是假話。」他以怪異的表情看著我，好像我令他有點噁心。他近乎凶惡地說，反正養老院的院長和工作人員都將出庭作證，這「會對我非常不利」。我提醒他這件事和我的案子無關，他只回答說我顯然從沒和司法打過交道。

他氣沖沖地離開了。我很想挽留他，跟他解釋我很希望獲得他的好感，但不是為了得到更好的辯護，而是，怎麼說呢，就是很自然這樣希望。尤其，我看得出我讓他很不高興。他不理解我，也有點怪我。我想跟他說我其實和所有人一樣。不過，這一切說真的也沒有多大用處，我因為懶，就作罷了。

過沒多久，我又被帶去見預審法官。這次是下午兩點，他的辦公室陽光充足，窗上的紗簾根本擋不住。天氣非常熱。他讓我坐下，非常客氣地跟我說我的律師「因為臨時有事」無法前來。但是我有權不回答他的問題，等我的律師在場時才回答。我說我可以自己回答。他按了桌上一個按鈕。一位年輕的書記官進來，在大約我背後的地方坐下。

我們兩個端坐在扶手椅裡。訊問開始。他首先說大家描述我的個性沉默寡言且孤僻，他想知道我自己怎麼認為。我回答：「那是因為我從來都沒什麼事可說，所以閉上嘴。」他像第一次那樣微笑，承認這是最好的理由，又加了一句：「再說，這一點都不重要。」他停下話，注視著我，接著突然挺直身體，很快地說：「我感興趣的，是您。」我不太懂他這話的意思，便什麼都沒回答。他接著說：「您的行事當中有些我無法掌握的部分。我確信您會幫助我了解。」我說這一切都非常單純。他催促我重述當天的情形。我把已經對他說過的再重述一遍：雷蒙、海灘、游泳、爭吵、再回到沙灘、小泉水、太陽，和開了五槍。我每說一句，他就說：「很好，很好。」我說到躺平的屍體時，他贊同地說：「嗯。」我呢，則是厭煩了如此重複同樣的敘述，我似乎還從來沒說過這麼多話。

沉默了一陣之後，他站起身，對我說他想幫我，他對我感興趣，靠上帝協助的話，或許他可以為我做點什麼。但在此之前，他還有幾個問題要問我。沒有任何過渡，他劈頭問我是否愛媽媽。我說：「愛，跟所有人一樣」，直到現在一直規律敲著鍵盤的書記官大概打錯鍵了，一副尷尬的樣子倒退重打。法官又沒明顯邏輯地問我是否連續開五槍。我思考了一下，說明我先開了一槍，幾秒鐘之後，又開了其他四槍。「為什麼您在第一槍和第二槍之間停頓了呢？」我眼前又再次出現火紅的海灘，感受到陽光燙傷我的額頭。但這一次，我什麼也沒回答。接下來的一陣沉默，法官顯得激動起來。他坐下，手撥亂了頭髮，手肘撐在桌上，稍微傾身朝向我，神情古怪，「為什麼，為什麼朝一具倒在地上的屍體開槍呢？」這次我又不知如何回答。法官雙手抹抹前額，聲音有點變調地重複問題：「為什麼？您必須告訴我。為什麼？」我始終不發一語。

突然，他站起身，大步走向辦公室一端，打開檔案櫃一個抽屜。他拿出一個銀製的耶穌受難十字架，揮舞著走向我。他以完全改變、幾乎顫抖的聲音對我大喊：「您認識這位嗎？」我說：「當然認識。」他快速而狂熱地說他相信上帝，他堅信沒有人壞到上帝無法寬恕，但要獲得救贖，這人必須經過懺悔，讓靈魂成為孩子般純潔、能夠全盤接受。他整個身體傾在桌上，幾乎在我頭上揮動著耶穌受難十字架。老實說，我根本聽不懂他的論調，一方面因為我很熱，而且他辦公室裡有些大蒼蠅停在我臉上，再加上，他讓我有點害怕。我同時也覺得有點荒唐，因為畢竟我才是犯罪的人啊。他還在繼續說著。我大致明白他的意思，我的陳述裡只有一點晦暗不明的地方，那就是我停頓了一下才又開第二槍。其他的部分都很順，只有這點他不明白。

我正想跟他說不必這麼執著，這一點沒那麼重要。但他打斷我的話，直挺著身體，最後一次勸我，問我相不相信上帝。我回答不相信。他憤怒地坐下，跟我說這不可能，所有人都相信上帝，就算那些轉過頭不去看祂的臉的人也是。這是他的信念，如有懷疑，他的生命就毫無意義了。他喊道：「您想讓我的生命失去意義嗎？」依我看，這與我無關，而我也這麼跟他說了。但他已經隔著桌子把耶穌像舉到我眼前，以失去理性的態度大喊：「我是基督徒。我請求祂原諒你的錯誤。你怎能不相信祂為你受苦呢？」我注意到他親密地以「你」相稱，但我實在受不了了。屋裡愈來愈熱。一如往常，當我想擺脫某人，不想聽他說話時，就裝出一副贊同的神態。令我驚訝的是，他得意洋洋地說：「你看，你看。你相信祂，會把自己交付給祂，不是嗎？」當然，我又說了一次不是。他跌坐回扶手椅中。

他神情非常疲憊，沉默了一會兒，記錄我們對話的打字機還繼續打著最後幾句話。接著，他仔細地凝視我，帶著些許悲傷，低聲說：「我從沒見過比您還更頑固的靈魂。被帶來我面前的罪犯，看到這耶穌受難像一定會掉淚。」我正想回答說那恰恰因為他們是罪犯。但又想到我也跟他們一樣。我一直無法把自己和罪犯想到一起。法官站起來，好像表示訊問結束了。他僅以同樣有點疲憊的神情問我，是否對自己的行動感到後悔。我想了想，回答說與其真正的後悔，不如說我感覺某種程度的煩擾。我覺得他不明白我的意思。但是那天的訊問就到此為止。

接下來我又經常見到預審法官，但每次律師都陪在旁邊。內容只侷限在要我更進一步釐清之前供詞的某些點，或是法官和律師討論罪狀問題。事實上，在那些時候，他們根本不再注意我。總之，訊問的調性漸漸改變，法官似乎對我失去興趣，已經把我的案件歸檔。他再也沒跟我提起上帝，我也沒再見過他像第一天那種激動的樣子。結果是，我們的會談變得比較融洽。問幾個問題，和我律師簡短交談，訊問就結束了。根據法官的用詞，我的案子進行得很順利。還有幾次，他們談到一些廣泛話題時，也邀我加入。我開始覺得鬆口氣。在那些時候，沒有人對我凶巴巴。一切都那麼自然，那麼井然有序，那麼低調進行，讓我興起「我是這個大家庭的一員」這種荒唐的感覺。十一個月的調查訊問期間，我幾乎很訝異自己唯一開心的事，就是法官送我到辦公室門口，拍拍我肩膀，以熱忱的神態說「今天就到這裡吧，反基督先生」的這些少數時刻。這句話說完，我又被交到憲兵手裡。

2

有些事是我從來不喜歡提的。入獄之後，沒幾天我就明白，我將不會想要談到人生中的這一段。

後來，我便不再覺得這份厭惡有什麼重要。事實上，最初幾天我並沒有真正覺得在坐監，還模模糊糊等著有新的發展。一切都是在瑪莉第一次、也是唯一一次探監之後，才開始的。當我收到她的信的那天（她告訴我因為不是我妻子，他們不再允許她來看我），從那天開始，我才感覺牢房就是我的家，我的生命在此停止了。我被逮捕的那天，先是被關在一個已經拘留了好幾個人的房間，其中大部分是阿拉伯人。他們看見我就笑了，然後問我犯了什麼刑。我說我殺了一個阿拉伯人，他們便不再出聲。過了一會兒，天黑了，他們跟我解釋該怎麼擺弄睡覺的蓆子，一端捲起來就可以當枕頭。整夜，臭蟲在我臉上爬來爬去。幾天後，我被移到單獨牢房，睡的是一張木隔板，有一個便桶和一只鐵製臉盆。監獄位於本城高處，透過小窗戶，我可以看到海。有一天我正抓著窗戶鐵柵欄，臉湊向陽光時，獄卒走進牢房說我有訪客。我心想應該是瑪莉，的確是她。

我先穿過一道長長走廊，爬了一道樓梯，再接著另一條走廊，才走到會客室。我進到一間很寬敞的大廳，一整片玻璃窗光線充足。長條形大廳以兩道大柵欄分隔成三部分，兩道大柵欄之間距離有八到十公尺遠，隔開訪客與囚犯。我看見瑪莉在我對面，穿著那件條紋洋裝，臉曬成棕色。我這一側則有十多名囚犯，大都是阿拉伯人。瑪莉周圍都是摩爾人，她夾在兩個女訪客中間，一個是嘴唇緊抿、穿一身黑的矮小老太太，另一個是沒戴帽子的胖女人，嗓門很大，比手畫腳。因為隔著柵欄，訪客和囚犯都得大聲說話。我一進來，大廳光禿禿的牆壁反彈說話的回聲，從天而瀉的強烈陽光照在玻璃上，閃耀在大廳中，讓我一陣昏眩。我的牢房比較安靜，也比較陰暗。我需要幾秒鐘來適應。然而，我最後還是能清楚看見每一張臉孔，在陽光下突顯出來。我看到一名獄卒坐在兩道柵欄之間的走廊盡頭。大部分的阿拉伯人和他們的家屬都面對面蹲著。他們不大聲吼。儘管四周嘈雜，他們也能聽見彼此低聲的話語。他們從低處傳出的低沉輕語，像是在他們頭頂上互相交錯的談話中形成一股連續不斷的低音。我朝瑪莉走去的時候，很快地注意到了這些。她已貼到柵欄前，盡全力對我微笑。我覺得她好美，但不知如何跟她說。

「怎麼樣？」她大聲說。——「欸，就這樣。」——「你好嗎？需要的東西都有嗎？」——「有，一切都有。」

我們沒再說話，瑪莉一直微笑著。那個胖太太對著我旁邊的人大聲吼著，想必是她丈夫，一個高大金髮、眼神直率的傢伙。他們接續剛才的話題。

「珍娜不肯雇用他，」她大聲吼著。——「喔，喔，」男的回答。——

「我跟她說你出獄會再雇用他，但她就是不肯雇用他。」

在她旁邊的瑪莉也大喊說雷蒙向我問好，我說：「謝謝。」但我的聲音被旁邊那人說的「他還好嗎」蓋過了。他太太笑著說「好得不得了」。我左邊那個人，一個雙手纖細的矮個子年輕人，什麼也沒說。我注意到他對面是那個矮小的老太太，兩人深深地對望著。不過我無暇多觀察他們，因為瑪莉喊著說要我別放棄希望。我說：「是啊。」我看著她，渴望攬住她洋裝上的肩膀。我想觸摸這細薄的衣料，除此之外，我不太清楚還該希望什麼。瑪莉一定也是同樣的想法，只好一直微笑著。我眼裡只看見她光潔的牙齒和眼睛旁瞇成的細紋。她又喊道：「你出來後，我們就結婚！」我回答：「妳真的這麼想？」但這只是沒話找話而說的。她快速大聲地說是，我會無罪開釋，我們再去海邊游泳。她旁邊那個女的大聲吼著，說她留了一籃東西在書記室，一一列舉籃子裡放的東西，要檢查東西都在，因為買那些花了很多錢。我另一邊那個人和他母親依舊一直對望著。阿拉伯人的低語在我們下方持續。外面的陽光似乎要脹破大玻璃窗。

我覺得有點不舒服，想離開這裡。噪音令我難受。但另一方面，我又想把握和瑪莉相處的時間。我不知過了多久時間。瑪莉跟我談起她的工作，一邊不停微笑著。低語、喊叫、談話聲彼此交錯。唯一沉默的，是我身旁矮小男人和老太太彼此之間的凝視。漸漸地，阿拉伯人被帶回牢房。從第一個人被帶出去之後，幾乎所有人都沉默下來。矮小老太太靠近柵欄，這時，看守員和她兒子打了個手勢。他說：「再見，媽媽」，她把手伸進柵欄之間，對他緩慢而長久地揮手。

她離開了，另外一個男人走進來，手上拿著帽子，站到她的位置。另一名犯人被帶來，他們倆熱切地談起來，但聲音放得很低，因為現在大廳裡已回復安靜。我右邊那個男的也被帶走，他太太依舊扯著嗓門，好像沒注意到現在不用大聲喊了：「照顧好自己，一切小心。」之後輪到我了。瑪莉拋來飛吻。我走出大廳前回過頭。她靜止不動，臉壓在柵欄上，帶著同樣扭曲、強顏的微笑。

不久後她寫信來。從那時起，那些我永遠不想提的事便開始了。反正，什麼都不必誇張，這一點對我來說可能比其他人來得容易些。剛開始被囚禁，最艱難的一點，是我還懷著自由人的思想。例如，突然想身在海灘上，朝海水走去，想像腳掌下第一波湧上的海浪，身體進入水中感受到的解放，驟然覺得監獄的四面牆如此迫近。但這只持續了幾個月。之後，我就只剩下囚犯的思考。我常等待著每天在中庭放風，或是律師來訪。剩餘的時間我也安排得很好。我常想，就算把我放在一根枯樹幹裡，除了仰望頭上被樹幹框住如花朵形狀的天空之外，沒有任何事可做，我也會慢慢習慣的。我會等待群鳥飛過，或是雲朵偶遇，就像我在這裡等著看每次律師戴的怪異領帶，就像在另外一個世界裡，我耐心等待每個星期六到來，可以擁抱瑪莉的身體。但是，仔細想想，我並不是在一根枯樹幹裡，比我不幸的還大有人在。其實這是媽媽的想法，她經常說，到頭來一切都是會習慣的。

此外，我通常不會想這麼遠。最初幾個月相當苦，但正是必須努力克服，無暇多想，反而幫助我度過那段時日。例如，對女人的欲念折磨著我。這是很自然的，我還年輕。我從來沒特別想念瑪莉一個人。但我如此想一個女人、一些女人、所有我認識的女人，想著所有我們曾經相愛的情景，乃至於牢房裡充滿了她們的面容，充滿了我的欲望。某方面來說，這快把我搞瘋了，但另一方面來說，卻也殺了不少時間。後來我獲得典獄長的好感，吃飯時間，他都會陪伙房送飯來。是他先跟我談到女人的。他跟我說其他人抱怨的第一件事就是這點。我說我跟他們一樣，也覺得這種待遇不合理。「但是，」他說：「就是為了這個，你們才被關進監獄啊。」──「什麼意思，為了這個？」──「沒錯，自由，就是這個。你們被剝奪了自由。」我還從沒想到過這一點。我同意他的話：「是真的，要不然怎能稱為懲罰呢？」──「是啊，您挺明白世事，其他人都不懂。但他們也都自行解決了生理需求。」他說完就走了。

再來就是香菸。我進監獄的時候，他們把我的腰帶、鞋帶、領帶、和口袋裡所有的東西，尤其是香菸，全拿走了。進了牢房，我要求把香菸發還給我，但他們說這是禁止的。剛開始幾天真的很難忍受。或許這是讓我最沮喪的一件事。我從床板拔下幾塊小木片放在嘴裡吸吮。一整天不停地想作嘔。我不懂為什麼要剝奪我這個，吸菸又不危害到其他人。之後，我明白了，這也是懲罰的一部分。但那時候我已習慣不再抽菸，所以對我來說也不算懲罰了。

除了這些困擾，我倒也不算太悲慘。最大的問題，還是在於如何打發時間。當我學會回憶那一刻起，便完全不再感到無聊了。有時我開始回想我的房間，想像從房間一角出發，繞一圈，腦中一一細數房間裡的東西。剛開始，一下就繞完了。但每次重新開始，花的時間就長一些。因為我慢慢記起每件家具，每件家具裡擺的每個物品，每個物品的細節，以及每個細節中的鑲嵌、裂痕、缺角、顏色或紋理。同時，我也試著完整保存腦中的這張清單，能夠列舉出所有的東西。因此，幾個星期之後，光清點我房間裡的東西，就能打發好幾個鐘頭。就這樣，我愈想，就有愈多忽略、忘記的東西從記憶裡冒出來。於是我了解到，一個光是活了一天的人，就可以毫無困難地在監獄裡度過一百年。他有足夠的東西可資回憶，不會無聊。從這個角度看，這是個好處。

另外還有睡眠問題。剛開始，我晚上睡不好，白天也完全睡不著。慢慢地晚上睡得比較好了，白天也能睡著。到了最後幾個月，我每天甚至睡十六到十八個鐘頭。剩下六個鐘頭以吃飯、如廁、回憶，以及用那個捷克人的故事來打發。

我在床墊和床板之間，發現一角幾乎黏在床墊上、已經發黃透明的舊報紙。上面是一則社會新聞，開頭部分不見了，但應該是發生在捷克。一個男人離開捷克小村到外地闖天下。二十五年之後，賺了大錢，帶著妻兒回到故鄉。她母親和妹妹在家鄉開了一家旅店。他為了給她們驚喜，將妻兒安置在另外一家旅館，自己到母親的旅店去。他進門時，母親並未認出他來。他想開個玩笑，便突發奇想訂了一個房間，還亮出錢財。夜裡，母親和妹妹拿榔頭殺了他，偷了錢財，把屍體丟到河裡。到了早上，他的妻子來了，在不知情的情況下說出了旅人的身分。母親上吊自殺，妹妹投井自盡。這則新聞我大概看了數千次。一方面，它令人難以置信，另一方面，又發生得很自然。總之，我認為那個旅人有點活該，玩笑不能亂開。

因此，在睡覺、回憶、閱讀那則社會新聞、白日和夜晚交錯之間，時間就過了。我在書上讀過，在監獄中人會逐漸失去時間概念。但以前這對我來說沒有太大意義。我之前都不知道，日子可以如此漫長又如此短暫。當然，日子漫長得難挨，但延伸得如此長，一天漫過一天，每一天都無形無名。對我還存有意義的字眼，只剩下「昨天」或「明天」。

有一天，看守員告訴我，我已經來了五個月了，我相信他的話，但並不明白。對我來說，只是同樣的一天在牢房裡不斷重複，而我也做著同樣的事。那一天，看守人離開後，我看著鐵飯盒中映出的自己的臉。儘管我試著對映出的影像微笑，那張臉看起來還是很嚴肅。我把鐵飯盒在面前晃動，微笑，但盒中的那人依舊維持著嚴峻而悲傷的神情。白日將盡，這是我最不想提起的時刻，無形無名的時刻，在一片寂靜中，晚間監獄每層樓的聲響湧冒上來。我靠近天窗，趁著最後一縷天光，再次凝視我映出的面容。那張臉依舊嚴肅，此時刻的我面容如此，何需驚訝呢？但在這同時，多個月來的第一次，我清楚地聽見自己說話的聲音。我認出這是過去漫漫長日之間，縈繞在我耳際的聲音，於是我明白了，這些日子我都在喃喃自語。於是我想起媽媽葬禮上護士說的那句話，是的，「沒有任何辦法」，沒有人能夠想像監獄裡的夜晚是什麼樣。

3

實際上，一個夏天很快就被另一個夏天取代了。我知道，隨著第一波氣溫升高，新的發展將隨之而來。我的案子定在重罪法庭最後一個庭期審理，這個庭期將在六月結束。開庭辯論那天，外面是滿滿的陽光。我的律師跟我保證，庭審不會超過兩三天。「況且，」他補充說，「法庭會加快速度，因為您的案子不是本期最重要的案子，緊接在後的是一樁弒父案。」

早上七點半，他們到牢房來帶我上了囚車，載到法院。兩名憲兵帶我進了一個小房間，裡面有一股陰暗的氣息。我們坐在一扇門後等著，聽得到門外的說話聲、傳喚聲，還有拉動椅子的聲響、亂烘烘搬動東西的聲音，讓我想到社區舉辦慶祝活動時，音樂表演結束，大家清空場地以便跳舞的情景。憲兵說得等候開庭，其中一位遞給我一根香菸，但我拒絕了。隨後他問我「會不會緊張」，我回答不會。甚至，某方面來說，我對親眼見識一場審判饒有興趣，我這輩子還沒有過這個機會。「是啊，」另一位憲兵說：「但看多了就厭煩了。」

過了一會兒，房間裡響起一記小鈴聲。他們解開我的手銬，打開門讓我進到被告席。法庭上擠了滿滿的人。儘管放下百葉窗，陽光還是從縫隙篩進來，室內空氣已經令人窒息。窗戶還緊閉著。我坐下，憲兵站在我兩旁。此時我看見面前一排臉孔。每個人都看著我：我明白他們是陪審員。但是我無法一一分辨他們，只有一個感覺，就像面對電車上一長排座位，上面這些無名的乘客，正窺伺著剛上車的人，想發現他身上有什麼滑稽可笑之處。我知道這個想法很無稽，因為在這裡，他們想找出的不是滑稽可笑之處，而是罪行。然而，這兩者之間差異並不大，總之這是當時浮現我腦中的想法。

這封閉的廳裡擠了這麼多人，使我有點頭昏腦脹。我又看看法庭，依舊沒分辨出任何一張面孔。剛開始，我沒意會到這些人爭先恐後是為了來看我。通常，人們不會注意到我。我費了一點工夫，才搞清楚我是引起這場騷動的原因。我對憲兵說：「好多人啊！」他回答說是因為報紙報導，他指著證人席下方桌子旁邊的一群人，說：「他們就在那兒。」我問：「他們是誰？」他再說一遍：「報社記者。」其中一個他認識的記者這時看到他，朝我們走過來。那人已上了年紀，很和善，臉有點齜牙咧嘴地做著怪樣子。他熱情地和憲兵握手。這時我注意到，大家都彼此認識，互相打招呼、交談，好像在俱樂部裡開心遇到同一個圈子的人。我才明白為什麼有種奇怪的感覺，覺得自己是多餘的，有點像是個擅自闖入者。但那位記者微笑著和我說話，跟我說希望我一切順利。我向他道謝，他又接著說：「我們稍微炒作了您的案子。夏季是新聞的淡季，只有您的案子和弒父案值得說說。」他指著剛才他所處的那群人中的一個矮個子男人，長得像隻發福的鼬鼠，戴著一副黑框大圓眼鏡。他說那人是巴黎一家報社的特派記者：「他不是為您的案件來的。既然他負責報導弒父案，也就順便報導您的事件。」我差點又向他道謝，但想想這樣很荒謬。他親切地跟我揮揮手，便離開了。我們又等了幾分鐘。

我的律師來了，穿著律師袍，身旁圍著許多其他律師。他走向記者群，和他們握手。他們開著玩笑，彼此笑著，神情完全輕鬆自在，直到庭上鈴聲響起。所有人回到自己位置。我的律師向我走來，和我握手，提醒我回答問題時盡量簡短，不要主動發言，其餘的一切交給他就好。

我聽到左手邊椅子往後拉的聲音，看見一個高大瘦長的男人，穿著紅袍，戴著夾鼻眼鏡，仔細地摺妥袍子後坐下。那是檢察官。一名執事人員宣告法官進場。同時，兩架巨大的風扇開始隆隆作響。三位法官——兩位穿黑袍，一位穿紅袍——拿著卷宗走進來，快速走上俯視大廳的法官席。穿紅袍那位在中間的扶手椅坐下，拿下法官帽放在面前，用手帕擦擦小禿頂，宣布開庭。

記者們手上已經握著筆。他們都同樣一副漠不關心、帶點嘲諷的表情。唯獨其中一個，比其他人都年輕很多，穿著一身灰色法蘭絨，打藍色領帶，把筆放在前面，盯著我看。在他那張有點不太對稱的臉上，我只看見顏色非常淡的雙眼專注地審視著我，沒有顯露出任何明確的表情。我有一種怪異的感覺，好像正被自己盯著看。或許是因為這個怪異的感覺，也因為我不清楚這地方的規矩，所以不太明白接下來發生的一切：陪審員抽籤，審判長向律師、檢察官、陪審團提問（每一次提問，所有陪審員都同時轉頭面向法官席），快速宣讀起訴書（我聽見我認識的一些地名和人名），再次問我律師幾個新問題。

審判長下令傳喚證人。執事人員宣讀了幾個名字，引起了我的注意。從本來一片朦朧的聽眾席中，我看見一個一個隨著唱名站起來從側門走出去：養老院門房、湯瑪士・貝赫斯老先生、雷蒙、馬松、薩朗瑪諾、瑪莉。瑪莉憂心地對我做了個小手勢。正當我驚訝自己之前沒看到他們的時候，最後一個被唸到名字的謝列斯特站了起來。我認出他旁邊坐著我上次在他餐廳看到的矮小女人，穿著同一件短外套，同樣精準果斷的神情。她犀利地盯著我，但我沒時間多想，因為審判長又開始發言。他說真正的答辯將要開始，相信不必多說，聽眾席知道要保持安靜。他的職責是以客觀的角度，公正地引導答辯進行。陪審團將會秉持司法精神做出判決，若有任何騷動意外發生，他將會下令清場休庭。

氣溫愈來愈升高，我看到大廳裡大家都拿著報紙搧涼，不斷發出紙張翻動的沙沙聲。審判長做了個手勢，執事人員便拿上來三把草編扇子，三位法官立即搧起扇子來。

我的審訊立刻開始。審判長平靜、甚至帶點誠摯地開始問我話。他又要我自報身分，我雖然不耐煩，但覺得其實這很正常，要是審錯人可就嚴重了。接著，審判長再次宣讀案件經過的起訴狀，每唸三句就問我一次：「是這樣沒錯？」每次我都按照律師交代的回答：「是的，審判長先生。」時間拖得很長，因為審判長巨細靡遺什麼都不漏。記者們也都在振筆記錄，我感覺到最年輕的那位記者和像機器人一樣的小婦人投過來的眼神。電車椅上的人全都轉向著審判長。審判長咳了兩聲，翻閱一下卷宗，一邊搧著扇子一邊轉向我。

他說現在要問一些看似與我案件無關的問題，但或許有密切關聯。我明白他又要談到媽媽，同時讓我意識到這令我感到非常厭煩。他問我為何把媽媽送到養老院，我回答因為我沒錢請看護照料、請醫生看病。他問我這樣做心裡是否掙扎，我回答說媽媽和我對彼此都沒有什麼指望，對其他任何人也不心存指望，我們各自習慣自己的新生活。審判長說他無意堅持在這一點上面，並徵詢檢察官是否有其他的問題要問我。

檢察官半背對著我，看都沒看我一眼，說若審判長允許的話，想知道我單獨回到泉水邊時，是否帶著殺掉阿拉伯人的企圖。「沒有，」我說。「那麼，為何帶著手槍，又為何偏偏回到那個地點？」我說是個巧合。檢察官語氣不善地結尾：「暫時沒有其他問題了。」接下來的一切都有點混亂，至少對我來說是這樣。經過一陣私下商談之後，審判長宣布休庭，下午再聽取證人的證詞。

我沒有時間思考，就被帶上囚車載回監獄吃午飯。過了一下下，我剛覺得疲倦的時候，又被帶回法庭，一切重新開始，回到同樣的大廳，面對同樣的臉孔。只不過氣溫又升高了許多，奇蹟似的，每位陪審員、檢察官、我的律師，和幾位記者手上都拿了把草編扇子。年輕記者和小婦人依舊在那兒，他們沒搧扇子，還是一言不發地看著我。

我擦掉臉上的汗，聽到傳喚養老院院長，才稍微恢復一點身在何處、我是誰的意識。庭上問他媽媽是否抱怨過我，他說有，但養老院的院友都喜歡抱怨自己的親人。審判長要他進一步回答，她是否責怪我把她送到養老院，院長又回答是，但這次他沒加任何解釋。對另一個問題，他則回答葬禮那天很訝異於我的冷靜。審判長問他所謂的「冷靜」是什麼意思。院長盯著自己的鞋尖，說我不想看媽媽的遺容，一次都沒流淚，葬禮結束立刻離開，未在墓前哀悼。更令他驚訝的是：葬儀社人員跟他說，我不知道媽媽的年紀。此時庭上一陣寂靜，然後審判長問他說的人是否確定就是我。院長聽不懂這個問題，審判長說：「這是法律程序。」然後問檢察官是否有問題要問證人，檢察官高聲說：

「喔！沒有，這樣就夠了」，並且朝我投來一個勝利眼神。這麼多年來，我頭一次有想哭的愚蠢念頭，因為我感受到這些人有多麼憎惡我。

審判長問陪審團和我的律師有沒有問題問院長之後，換養老院門房作證。他和其他所有人一樣，回答著相同的問題。門房一上來，先看了我一下，然後轉開目光。他有問必答，回答說我不想看媽媽最後一面，抽了菸，睡著了，喝了牛奶咖啡。此時我感覺到某個東西挑起法庭裡所有人的情緒，這是頭一次，我明白自己有罪。庭上要求門房敘述牛奶咖啡和抽菸的事，檢察官看著我，目光露出一絲嘲諷。此時，我的律師問門房當時是否和我一起抽菸，但檢察官猛地站起身，對這問題提出異議：「誰才是這裡的罪犯？這種試圖汙衊證人、讓證詞減低可信度又是什麼手段？」儘管如此，審判長還是要門房回答律師的提問。老門房神情尷尬地說：「我知道這是我的不對，但我不好意思拒絕他遞來的菸。」最後，庭上問我有沒有話要說。「沒有，」我回答：「我只想說證人說的對，的確是我遞菸請他抽的。」門房帶著些許驚訝和某種感激看著我。他猶豫了一下，然後說咖啡牛奶是他拿給我的。我的律師凱旋般大聲宣布，陪審團將會把他這句證詞列入考量。但是檢察官聲如洪鐘的話語在我們頭上響起：「是的，陪審團諸位先生將納入參考。他們會做出以下結論：陌生人可以提議喝咖啡，但身為人子，面對賜予自己生命的母親的遺體之前，應當拒絕。」門房回到自己座位。

接下來換湯瑪士・貝赫斯上場，還得由一名執事人員攙扶著他走到證人席。貝赫斯說他認識的是我母親，只見過我一次，就是葬禮那天。庭上問他我那天做了什麼，他回答：「您了解嗎，我當時太難過了，什麼都沒注意到。悲痛使我無暇他顧，這對我真是極大的傷痛。我甚至昏了過去，所以根本沒看到那位先生做了什麼。」檢察官問他是否至少看到我哭泣，貝赫斯回答說沒有。檢察官便說：「陪審團會將這納入參考。」但我的律師生氣了，他用一種我覺得太過誇張的口氣問貝赫斯：「是否看見我沒哭？」貝赫斯回答說也沒有。聽眾都笑了。我的律師挽起一隻袖子，以斷然的口吻說：「這場審判給人的印象就是這樣。什麼都是真的，卻沒有一項是真的！」檢察官鐵青著臉，用鉛筆戳著卷宗標題。

暫時休庭五分鐘，我律師跟我說一切進行順利。接下來是辯方證人謝列斯特出庭。辯方指的就是我。謝列斯特不時朝我這裡看，扭著手上的巴拿馬草帽。他穿著那套某些星期天和我一起去看賽馬的新西裝，但我想他沒辦法裝上漿直襯衫領，因為襯衫領口只用一顆銅扣子扣住。庭上問他我是否是他的顧客，他說：「是的，但也是朋友」；問他對我的觀感，他回答說我是個男子漢；問他這是什麼意思，他回說所有人都知道這代表什麼意思；問他是否覺得我閉塞，他回說我不會為了說廢話而開口。檢察官問他我是否按時付餐費，謝列斯特笑了，回答：「這是我們之間的小細節。」庭上又問他對我的罪行有何看法，此時他雙手握住證人席欄杆，看得出他是有準備而來。他說：「在我看來，這就是不幸。大家都知道不幸是怎麼回事，它讓人毫無防衛之力。是的！對我來說，就是不幸。」他還要繼續說，但審判長跟他說可以了，謝謝他的證詞。謝列斯特有點錯愕，表示他還有話要說。庭上要求他簡短扼要。他又重複說這是一件不幸的事。審判長對他說：「是，當然不幸。但我們在這裡就是要審判像這種不幸的事。感謝您的作證。」謝列斯特轉頭看著我，好像他已竭盡所能、盡了道義。我似乎看見他眼睛濕潤發亮，嘴唇顫抖，好像在問我還能做些什麼。我什麼都沒說，什麼動作都沒做，但這是我有生以來第一次想擁抱一個男人。審判長再次命令他離開證人席。謝列斯特才回旁聽席坐下。接下來整個審問過程，他一直待在那裡，稍微傾身向前，手肘放在膝蓋上，手上拿著巴拿馬草帽，聆聽所有內容。瑪莉進入證人席。她戴著帽子，還是那麼美麗。但是我還是比較喜歡她不戴帽，頭髮放下來的樣子。從我坐的地方，我想像著她輕盈的酥胸，看見她總是有點鼓脹的下唇。她看起來很緊張。庭上隨即問她是什麼時候認識我的。她說是以前在同一家公司上班的時期。審判長想知道她和我之間是什麼關係。她說她是我朋友。回答另一個問題時，她說的確已跟我論及婚嫁。正在翻閱卷宗的檢察官突然問她我們是哪一天第一次發生性關係的。

她說出日期。檢察官狀似漠然地說，那好像就是媽媽死的次日。然後他稍帶諷刺地說，他並不想強調這個敏感話題，也了解瑪莉的顧忌，但是（此刻他的口氣變得強硬）職責所需，他不得不超越禮儀規範。於是他要瑪莉敘述我和她發生關係那天的經過。瑪莉不想回答，但在檢察官堅持之下，她說了我們去游泳、看電影、回到我家。檢察官說在瑪莉預審證詞之後，他查詢了那天電影院的場次，並要瑪莉親口說出那天上映的是什麼片子。她用幾乎蒼白的聲音說出是費南戴爾的片子。此話一出，全場鴉雀無聲，完全寂靜。檢察官站起身，神情嚴肅，聲音在我聽來非常激動。他手指著我，緩慢清楚地說：「陪審先生們，在母親過世的次日，這個男人去游泳、開始發展一段不正常的男女關係，還去看了一部喜劇片開懷大笑。我不必再多說什麼了。」他坐下，全場依舊沉寂。突然間，瑪莉大哭了起來，說事情不是這樣，還有其他的事，她被強迫說出和她心裡所想完全相反的話，她很了解我，我沒做任何壞事。但是審判長對執事人員做了個手勢，把她帶下去，庭訊繼續進行。

接下來，幾乎沒有人聽馬松的陳述，他說我是個老實人，「還不只這樣呢」，我是個男子漢。薩朗瑪諾的陳述也幾乎沒人聽，他說我對他的狗很好，當被問到關於我母親和我的關係時，他回答說我跟媽媽沒話可說，這是我把媽媽送到養老院的原因。「可以理解，」薩朗瑪諾說：「可以理解。」但似乎沒有人理解。他被帶下去了。

接下來輪到最後一名證人雷蒙。雷蒙微微跟我打了個招呼，立即宣稱我是無辜的。審判長說不需要他做判斷，他只要陳述事實就好。請他等庭上發問再作答。庭上要他先交代他和被害人的關係。雷蒙趁機說那個人恨的其實是他，因為他摑了那個人的妹妹耳光。審判長問他被害人有沒有恨我的理由，雷蒙說我出現在海灘上只是巧合。檢察官又問，引發悲劇的那封信何以是出自我的手。雷蒙答說也是個巧合。檢察官反駁說在這樁事件裡，巧合已經造成夠多良心上的錯誤。他想知道當雷蒙摑情婦耳光時我沒介入，是否也是個巧合；我去警察局作證也是巧合；我在警察局的證詞完全對他有利，也是個巧合嗎。最後，他問雷蒙以何維生，雷蒙說：「倉庫管理員」，檢察官對陪審團宣布，眾所皆知證人的職業是拉皮條，而我是他的同夥兼朋友。這是一樁極其齷齪卑劣的慘案，更糟糕的是，我們面對的是一個毫無道德可言的禽獸。雷蒙想替自己辯護，我的律師也提出抗議，但庭上讓檢察官說完。他接著說：「我只再問一句，他是您朋友嗎？」他問雷蒙。雷蒙回答：「是的，是我的哥兒們。」檢察官問我相同的問題，我看著雷蒙，他也沒有轉開眼光。我回答：「是。」檢察官轉向陪審團，宣告：「母親過世的次日就放浪形骸行為齷齪的這個男人，為了結清一件傷風敗俗的事端，以這些微不足道的理由殺了人。」

他坐下。但我的律師再也等不及，高舉雙臂大喊，長袍的袖子翻落，露出裡面襯衫上了漿的摺痕：「究竟，他是因為埋葬了母親還是因為殺了人而受審判的？」聽眾笑了起來。檢察官又站了起來，理理長袍，宣稱可敬的辯方律師必定太過天真，才未能察覺這兩件事之間，存在深沉、悲哀、本質上的關係。「沒錯，」他強而有力地吶喊：「我控訴這個男人以一顆罪犯的心為母親送葬。」這聲吶喊似乎對聽眾席造成了很大的震撼。我的律師聳聳肩，拭去額頭上的汗。但是他似乎連自己也動搖了，我明白情況對我很不利。

庭訊結束。走出法院上囚車時，我有短暫一會兒意識到夏日夜晚的氣息和顏色。在黝暗的囚車裡，在疲憊之中，我一一重新找到我鍾愛的、某些時候甚至覺得快樂的這個城市裡所有熟悉的聲音。慵懶的空氣中賣報紙小販的叫賣聲、小廣場上最後幾聲鳥鳴、三明治攤販的吆喝聲、電車在城高處拐彎的吱嘎聲，以及在夜色淹沒港口之前天空的嗡鳴聲，我入獄前熟悉的這一切，現在組成了一趟看不見的路途。是的，許久之前，這就是我覺得愉快的時刻。那時等待著我的，總是輕鬆無夢的酣眠。然而現在事情改變了，我等待次日的地方，換成了牢房。就好像夏日天空中勾畫的熟悉路徑，可以帶我進入無邪的酣眠，也可以帶我進入監獄。

4

即使是坐在被告席上，聽到別人談論自己還是有趣的一件事。檢察官和我的律師之間的辯論，談到我的地方很多，甚至談到我這個人的時間，比談到我犯下的罪行的時間還多。其實，兩方的辯護差異有那麼大嗎？律師高舉雙臂，辯稱我有罪，但並非罪不可赦。檢察官伸出雙手，宣稱我有罪，而且罪無可赦。有件事令我有點不高興：雖然我腦中胡思亂想許多事，但有時候也想插嘴說句話，那時我的律師就會說：「別說話，這樣對案子比較有益。」就好像他們把我排除在外來審理這件案子，一切過程都沒讓我參與。沒有人聽我的意見，我的命運就這樣被定奪。我不時想打斷大家，跟他們說：「再怎麼說，誰是被告？被告是很重要的。我有話要說。」但仔細想想，我沒什麼可說的。何況，我必須承認，人們對別人所做的事不會持久關心。例如，檢察官的辯詞很快就讓我厭倦，只有和整體脫離的一些片段、手勢，或是一整段論述會讓我留下印象或引起我的注意。

如果我沒理解錯誤的話，他打心眼裡認定我預謀殺人。至少，這是他試著證明的。就像他自己說的：「各位，我將會證明，並且從兩方面來證明。先從再明顯不過的犯罪事實來看，以及我所挖掘的這個犯罪靈魂的黑暗心理。」他從媽媽的死開始簡述，說到我的無動於衷、連媽媽年齡都不知道、隔天去游泳、和女人約會、看電影、費南戴爾的片子、最後還帶瑪莉回我家。說到這裡，我花了點時間才聽懂，因為他用的詞是「情婦」，對我來說，她就是瑪莉。檢察官又回過頭說到雷蒙的事。我覺得他看事情的方式頗為清楚明白，說的話也合情入理。我和雷蒙共謀寫了那封信，引來他的情婦，使她遭受到一名「道德可議」的男人的暴行。我在海灘上挑釁雷蒙的兩個仇家，使得雷蒙受了傷。我跟雷蒙要來手槍，獨自回到海灘打算動手。我按照計畫殺了阿拉伯人。等了一下。然後「為了確保沒有失誤」，我又開了四槍，沉著地、篤定地，也可以說是經過思考後的舉動。

「各位先生，」檢察官說：「我在大家面前重組了這個男人深思熟慮後殺人的事件經過。我必須強調這一點，」他說：「因為這裡牽涉的不是一個普通的殺人犯，可能因當時情況而未經思考做出的舉動。各位，這個男人是個聰明人。你們也聽過他的陳述，不是嗎？他知道如何回答，他知道字句的意義。總不能說他犯案時沒有意識到自己做了什麼吧。」

我聆聽著，聽到有人說我聰明。但是我不太明白，在一個普通人身上的優點，為什麼會成為一個罪犯身上重大的罪名。至少，這令我非常驚訝，所以接下來都沒注意檢察官說了什麼，直到聽見他說：「他表示過一絲悔意嗎？從來沒有，各位。審訊過程中，這個男人沒有對他犯下的卑鄙罪行顯露過任何情緒波動。」這時，他轉向我，手指著我繼續攻擊，說實在的，我不太明白他為什麼這麼做。當然，我不得不承認他說的有道理。我對自己的行為並不怎麼感到後悔，但他如此激烈的火力，讓我很驚訝。我很想試著友善地、甚至懷著感情跟他解釋，我從沒能真正後悔過什麼，我一向只關注眼前，今天或是明天即將發生的事。當然啦，以我目前被他陷入的處境，不可能以這種口氣跟任何人說話。我沒有權利表露感情，沒有權利擁有善心誠意。我試著繼續聽下去，因為檢察官開始談起我的靈魂。

他說，陪審團先生們，他試著探索我的靈魂，但是什麼都沒找到。他說，事實上，我根本沒有靈魂、沒有人性、沒有任何作為人心中該秉持的道德原則。「或許，我們不該責怪他，不能埋怨他不具有他無法得到的東西。但是在法庭上，寬容這個消極的美德必須轉變為比較困難、但更為崇高的正義。尤其此人那顆空洞的心，很可能成為社會墮落的深淵。」然後他又說回我對媽媽的態度，重複之前辯論時所講的話。但這次他花了很長時間，比談我的罪行的時間還長，到最後我唯一感覺到的，只是這一整個早上的炎熱。直到檢察官停下來，我才回過神來，他緘默了片刻，然後以非常低沉、直透人心的聲音說：「各位先生，就在這個法庭上，明日將審判一個最令人髮指的罪行：弒父。」對他來說，這是個無法想像的滔天大罪，斗膽希望司法會給予最嚴厲的懲罰。但是，他不諱言，我的漠然甚至比弒父這個罪行更讓他覺得恐怖。依他看，一個在精神上殺害母親的人，和親手謀殺賜予生命的父親的人，同樣為社會所不容。總之，第一種罪行已準備著第二種罪行的行動，前者在某種程度上預告了後者，並將後者合理化。「我確信，先生們，」他提高聲音說：「如果我說坐在被告席上的這個人，和明天庭上將要審判的弒父者同樣有罪，你們應不會認為我的想法過於大膽，他必須為此受到懲罰。」此時，檢察官擦掉臉上油亮的汗水。他最後說道，這是個痛苦的職責，但他會堅定地完成。他宣稱我和這個社會已無關係，因為我漠視社會最基本的規範，無法求助於自己的良心，因為這顆心連基本的人性反應都沒有。「我要求各位判他上斷頭台，」他說：「我如此要求問心無愧。儘管在我不算短的職業生涯裡，也曾要求過判犯人死刑，但從未像今天一樣堅定，唯有藉著無法駁斥而崇高的正義意識，以及面對這張只有邪惡的臉孔所感受的恐怖，我才覺得這艱難的職責獲得回報、取得平衡、散發光輝。」

檢察官坐下之後，法庭上一陣頗長的靜默。我呢，我被炎熱和訝異弄得頭昏腦脹。審判長咳了一聲，用低沉的聲音問我有沒有要補充的地方。我站起來，想說點什麼，就脫口說出我沒有意圖殺害那個阿拉伯人。審判長回說這是我的說詞，直到目前他都弄不清楚我的辯護方式，在聽我的律師發言之前，他很希望我說明犯案的動機。我很快地說——有點含糊不清、也同時察覺了自己的可笑——是因為太陽。旁聽席傳出了笑聲。我的律師聳聳肩，接下來立刻輪到他發言。但他說時間已晚，他的辯護需要好幾個鐘頭，請求庭上延至下午再繼續。庭上照准。

下午，巨大的電扇依舊攪動著法庭裡濃重的空氣，陪審團手上拿的各種顏色的扇子都朝著同一方向揮動。我的律師的辯詞似乎沒完沒了。只有在他說道

「沒錯，我殺了人」時，我才注意聽。接著他以同樣的口吻繼續，每次說到我都用「我」這個第一人稱。我非常驚訝，靠向一位憲兵問他是怎麼回事。他叫我閉嘴，過了一會才說：「所有律師都這麼做。」我呢，我覺得這又是把我排除在案件之外，把我貶低至零，某種意義上，是取代了我的地位。但我覺得自己已經遠離這個法庭了。此外，我覺得律師很可笑，辯護那兩個人對我挑釁的片段很快交代完，然後他也談起我的靈魂來了。但我覺得他比檢察官差多了。「我也是，」他說：「我也探索了這個靈魂，但是和傑出的檢察署代表相反，我發現了某些東西，甚至清楚明白。」他在我的靈魂裡看見我是個正直的人、敬業、不懈怠、對公司忠誠、受到大家喜愛、對他人的不幸滿懷同理心。對他來說，我是個模範兒子，盡己所能地照顧母親，到最後才找一所養老院，希望讓老太太能享受我的經濟無法提供的舒適條件。「我相當驚訝，各位先生，」他接著說：「何以要在養老院上大做文章。這些機構有其功能性與崇高性，最好的證據就是，政府出資補助它們。」只不過，他沒提到葬禮的事，我感覺這是他辯詞缺漏的地方。但是這些冗長的句子、這些不停談到我靈魂的無止境的時日，只讓我覺得一切都變得像無色的水，令我頭昏。

最後，在律師繼續的辯說中，我只記得冰淇淋小販的喇叭聲從街上穿越整個法庭，聲音直傳到我耳裡。腦中突然湧進已不屬於我的生命中的許多回憶，其中有著最單純卻最難忘的快樂：夏日的氣息、我喜歡的社區、某個傍晚的天空、瑪莉的笑聲和她的洋裝。我在這裡做的所有無意義的事，頓時湧上喉頭，我只求這一切趕快結束，讓我回到囚室睡一覺。我幾乎沒聽到律師最後大喊，說陪審團絕不會樂見一個一時迷失的老實工人被送上斷頭台，我終生抹不去的內疚已是最大的懲罰，請酌予從輕量刑。庭上宣布審訊暫停，律師坐回位置，看起來筋疲力盡。他的同僚們過來和他握手，我聽到：「太精采了，老兄。」其中一個甚至還問我的意見：「嗯？」我點頭同意，但我太累了，並非由衷稱讚。

然而，日頭已斜，外面沒那麼燠熱了。從街上傳來了一些聲音，我懷想著傍晚的溫熱。我們都在這裡，所有人都等待著，而全體等待的只事關我一人。我又看了看法庭大廳，一切都和昨天庭訊的樣子一樣。我的眼光遇上了灰色外套的年輕記者和像機器人一樣的小婦人的眼光，這讓我想到，整個審訊當中我都沒看瑪莉。我沒有忘記她，只不過有太多事要做了。我看到她坐在謝列斯特和雷蒙中間。她對我做了個小手勢，好像在說「你終於看我了」，我看見她略帶焦慮的臉微笑著。但我感覺到我的心已封閉，甚至無法回應她的微笑。

法官又回到庭上，很快地對陪審團宣唸了一連串問題。我聽見「謀殺罪」……「預謀」……「酌情從輕量刑」。陪審團走出庭外，我也被帶回原先等待開庭的小房間。律師過來和我會合，他滔滔不絕，表現出之前和我說話時從未出現過的信心和熱忱。他認為一切順利，頂多判個幾年監或幾年勞役。我問他萬一判決對我不利，是否可申請撤銷原判呢。他說不行。他的策略是先不要假設任何判決，以免引起陪審團反感。他跟我說判決是不行隨隨便便就可輕易撤銷的。我覺得這是當然，他說的有道理。冷靜想想，就會發現這是想當然耳，否則，不就浪費一堆報告紙張和判決書嗎。「總之，」律師跟我說：「也可以再上訴。但是我相信結果會是有利的。」

我們等了很久，我想大概有三刻鐘，然後鈴響了。律師走出去時說：「審判長會宣讀審判書。宣告判決結果時才讓您進來。」我聽見門砰砰砰開關的聲音，樓梯上有人跑過，但我不知他們是遠是近。然後我聽到法庭上一個喑啞的聲音唸著什麼。鈴聲又響了一次，通往被告席的門開了，庭內一片寂靜朝我襲來，除了寂靜，還有我看見年輕記者移開眼光時，內心浮上的怪異感受。我沒朝瑪莉那邊看。我沒有時間，因為審判長以一種奇怪的形式宣布，以法蘭西人民之名，我將在公眾廣場上被斬首示眾。我似乎讀懂了每張臉孔上的表情，我想那是種敬意。憲兵對我非常客氣。律師把手放在我的手腕上。我腦中一片空白。審判長問我有沒有要補充的，我想了一下，說：「沒有。」然後就被帶下去了。

5

我已經三次拒絕神父的探視。我沒有話對他說，也不想說話，反正我很快就會見到他了。現在我關心的，是逃避那架斷頭台，想知道無法逃避之事是否有轉圜的可能。我換了牢房。在這間牢房裡，躺下可以看到天空，我也只看著天空。我每天看著天空這張臉上顏色的變換，從白天到夜晚。我躺著，手枕在頭下，等待著。我不知自問過多少次是否有逃過無情斷頭台的死刑犯例子，在行刑之前突破警戒線而逃脫。我白責以前不夠注意處決的文章。這些問題應該要多關心才對。誰知道人生會發生什麼事呢。以前我和大家一樣，就只看看報紙上的新聞報導，但其實有一些專門的著作，我從來沒有覺得好奇去找來看。

那些專門書籍裡或許會有關於逃脫的描述。說不定能看到至少有某個例子，命運的巨輪停止了，在這無法挽回的預謀之下，只需這麼一次，偶然和機運改變了某個東西。就這麼一次！就某方面來說，這樣對我來說就足夠了，其他的就交給我的心吧。報上經常談到「虧欠社會的債就該償還」，但這無法激發想像力。重要的是有一個逃脫的可能性，一個超越這無情死刑儀式的跳躍，而我拔足狂奔，奔向希望帶來的所有機會。當然，所謂的希望，可能就是狂奔到街角，就被飛來的子彈打死。但是仔細想想，連這個機會對我來說都是奢侈，我什麼都不能奢望，只能被帶上斷頭台。

儘管我再怎麼試著了解，也難以接受這種不可質疑的蠻橫確定性。因為罪刑一旦判決，何以確立這個罪刑與宣判後便無可動搖地執行這兩者之間，完全不成比例。例如判決是在二十點而不是十七點宣告、例如判決結果有可能完全不同、例如決定判決的是一些常換內衣注意生活小節的平凡百姓、例如判決以法蘭西人民為名（或是德國人民、中國人民）如此不精確的字眼，這些都讓我覺得大幅減低了這個判決的嚴肅性。然而，我不得不承認，從宣判的那一秒鐘起，判決的效力變得如此確然、如此嚴肅，就像我緊靠的這面牆一樣。

在這些時刻，我回想起媽媽跟我敘述的一件關於父親的事。我沒見過父親。媽媽當時跟我敘述的那件事，或許就是我唯一知道有關他的具體事跡：有一天他去看了一個殺人犯的處決。光想到要去看就讓他渾身不舒服，但他還是去了，回來之後吐了大半個上午。那時我覺得父親有點噁心。但現在我了解了，那是非常自然的事。我以前怎麼會不懂，再沒有其他事比執行死刑更重要了，簡而言之，對一個人來說，那是唯一真正有趣的事！萬一我能出獄的話，一定看遍所有的死刑處決。我想，我錯了，不應該想到這樣的可能性。一想到某個早上，我自由地站在警戒線外，也就是說警戒線的另外一邊，想到自己身為觀眾來看執法，或許之後還會嘔吐，一陣苦澀的喜悅湧上心頭。但這一點都不合理。我不該放任自己這樣假想，因為下一刻我就渾身發冷，蜷縮在被子下，牙齒不聽使喚地打顫。

但是，人當然不可能永遠那麼理智。例如其他一些時候，我幻想自己擬定法律草案，修改刑法。我早就注意到，最基本的是要給犯人一個機會。哪怕是千分之一的機會，就能解決很多事。我認為應該發明一種化學藥物，服用後會讓十個「患者」（我真的認為是患者）中九個斃命，一個活下來。患者也知道這就是規則。好好思考一下，平心靜氣地想想，使用斷頭鍘刀的缺點，就是沒有僥倖的機會，絕對沒有。反正就是刀落人亡，患者的死亡早已決定。這是一樁了結的案子，休想再提，一件兩造同意的事，沒有轉圜的餘地。就算萬一中的萬一，一刀沒砍斷，就再來一次。所以最令人無奈的，是刑犯還得期望斷頭台運作順利。我認為這是個缺點，而且某方面來說並沒錯。但是，從另一方面來看，我必須承認這整個運作的奧祕就在此。總而言之，刑犯被迫在心理上也一起合作，因為斷頭鍘一次便成功，對他來說也比較好。

我也必須認清，直到目前為止，我對死刑這些問題都存著不正確的印象。不知為什麼，我一直以為上斷頭架，要踏上幾級階梯，登上刑台。這應該是一七八九年大革命的關係，我的意思是，因為我所讀到或看到關於斷頭台的東西都是如此。但是有一天，我記得在報上看到一樁轟動一時的處決照片。事實上，斷頭台就簡簡單單直接架在地上，而且機器比我想像的窄多了。好奇怪，我以前都沒注意到這架機器。那張照片上的斷頭架精密、完善、亮閃閃的外觀令我大為驚訝。人們對不知道的東西大都存著誇張的想法，我必須承認，其實一切都很簡單：那架機器就架在和刑犯同樣的高度。犯人朝它走去，就像朝另一個人走去一樣。這一點也有些無趣，因為登上斷頭台，朝向天空往上走，足以引發許多想像。然而斷頭機器就這樣架在地面，再一次碾碎了一切：人被無聲無息地殺死，帶著些許恥辱，但一絲不苟地精確。

在那段時間裡，我也不斷思考著兩件事：拂曉行刑和我的上訴。其實我一直勸自己試著不要再去想。一躺下，望著天空，強迫自己只關注天空。天色轉青，夜幕降臨。我強迫自己轉移思緒，聽著自己的心跳聲。難以想像陪伴我這麼久的聲音會就這樣永遠停止。我向來沒有多少想像力，但試著想像心跳在某一秒鐘突然不再回響在腦際，卻總是做不到。拂曉行刑和上訴一直縈繞不去。我告訴自己，最明智的做法是不要勉強自己。

他們會在拂曉時分前來，這我知道。總體說來，我整夜整夜都在等待拂曉。

我向來不喜歡出其不意的感覺，如果有什麼事情該發生在我身上，我寧可早先知道。這就是我只在白天睡一下的原因，整夜我都在耐心等待曙光出現在天窗上。最困難的時刻，就是我知道他們習慣行動的時刻。一過午夜，我便等待著、窺伺著。我的耳朵從來沒聽見過如此多的聲音、分辨如此細微的聲響。某種程度上，我該說那段時間內我還滿幸運的，因為都沒聽見前來的腳步聲。媽媽常說人從來不會絕對不幸。在獄中，每當天空又開始染上顏色，新的一天鑽進我的牢房，就覺得她那句話有道理。因為我也大可能聽到腳步聲前來，然後心臟爆裂開。儘管，一有最微小的動靜，我就撲到門上；儘管，耳朵貼在木門上，我發狂傾聽，直到聽見自己的呼吸聲，被自己沙啞像狗喘一樣的呼吸聲嚇到，但總之我的心臟並沒爆裂，又賺到二十四小時。

一整個白天，我有上訴可想。我相信上訴會成功，估算著事情如何進展，在思考中得到最佳結果。我的做法是先從最壞的結果開始：上訴被駁回。「那麼，我就會死。」很顯然，我會比其他人先死，但人人都知道，人生不值得一活。老實說，我很清楚三十歲死或七十歲死都不重要，因為，不管我幾歲死，其他的男人女人自然還活下去，數千年來都是如此。這不是再明白不過的事嗎，死的既然是我，現在和二十年之後還不是一樣。這時，在我的推理中比較討厭的一點，是想到將來的二十年時，內心深處驚恐地跳起來。但我只需想像二十年之後面臨死亡時我會怎麼想，就能把這驚恐壓抑下去。人都有一死，如何死、何時死並不重要，這是很顯然的。因此（難就難在要緊緊守住這個「因此」在推論中的地位），因此，就算上訴被駁回，我也應該接受。

這時，也只有在這個時候，我總算得以——某種程度來說——容許自己做第二個假設：我獲得特赦。比較討厭的是，必須克制衝上全身的激動血液、刺著我雙眼的瘋狂喜悅。我必須努力壓抑歡呼，理性以對。就算是在這個假設中，我也必須表現自然，以便使我在第一個假設中的坦然顯得可信。若成功做到，便可換來一個鐘頭的平靜。而這，是彌足珍貴的。

就是在這樣思緒反反覆覆的時刻，我又一次拒絕了神父的探視。我平躺著，從天空那特別的金黃色，猜想夏日傍晚又降臨了。我正在上訴被駁回的第一個假設中，體內血液規律地循環著。我不需要見神父。很長一段時間以來，我頭一次想到瑪莉。她已經很長一段日子沒給我寫信了。那天晚上，我好好想了想，告訴自己她或許厭倦當一名死刑犯的情婦了。我又想，她或許病了或是死了。這都有可能，我哪能知道呢？因為如今我們分隔兩地，沒有任何可連結我們、不讓彼此相忘的東西。從這個時候開始，瑪莉的回憶就毫無所謂了。對我來說，她若死了，就和我一點關係都沒有了。這很正常，因為我完全明白若我死了，人們會忘記我，因此他們和我就毫無關係了。我甚至不能說這樣想有什麼難受的。

就在這一刻，神父走進牢房。我看到他，微微顫抖了一下。他察覺了，跟我說不必害怕。我跟他說他通常不是在這個時候來的，他回答說這只是個善意的探望，和我的上訴無關，而且他對上訴毫不知情。他坐在我的小床上，邀我坐在他旁邊。我拒絕了。然而我還是覺得他的樣子很溫和親切。

他這樣坐了一會兒，前臂放在膝蓋上，低著頭看著雙手。他的雙手細長而肌肉結實，令我想到兩隻靈敏的動物。他緩緩搓著雙手，就這樣不動，頭一直低著，過了很長一段時間，一時之間我幾乎忘記他在那兒了。

但他突然抬起頭，直視著我，問：「您為什麼一再拒絕我的探視？」我回答說我不相信上帝。他想知道我是否如此確定，我說我連自問都沒必要，因為我覺得這個問題並不重要。他仰頭往後，背靠著牆壁，手掌平放在大腿上。他幾乎像是沒在跟我說話似的，說有時我們自以為確定，其實並不然。我沒答腔。他看著我，問：「您認為呢？」我回答說那也有可能。總之，我或許不確定真正讓我感興趣的事，但完全確定我所不感興趣的事。而他對我說的這些，正是我所不感興趣的。

他移開目光，還是維持原來的姿勢，問我這麼說是否因為極度絕望的關係。我解釋說我並不絕望。我只是害怕，而這是很自然的。「那麼，上帝會幫助您，」他說：「所有跟您一樣處境的人都會尋求祂。」我承認那是他們的權利。也或許他們時間很多。至於我呢，我並不想要幫助，況且我現在恰恰沒有時間去管那些我所不感興趣的事。

此時，他的雙手煩躁地揮了一揮，但他坐直身體，順一順袍子的皺褶。順完了之後，他稱呼我為「我的朋友」，跟我說他對我說這番話，並不是因為我是個死刑犯；依他所見，世上所有人都被判了死刑。我打斷他的話，說這是兩回事，而且他這話完全起不了安慰作用。「當然，」他同意道：「但就算您今日不死，將來也會死。同樣的問題還是會出現。到時候您該如何面臨這恐怖的考驗呢？」我回答說我現在如何面對，將來就如何面對。

他聽到這話就站起身來，直視著我的眼睛。這遊戲我很熟悉，經常和艾曼紐、謝列斯特玩，通常最後都是他們先移開視線。我立刻明白，神父應該也是箇中好手，他的眼神毫不閃爍，聲音也毫不顫抖地說：「您難道不抱任何希望，只抱著死了就一了百了這種想法活著嗎？」我回答：「是的。」

他聽了低下頭，重新坐下。他說他同情我，認為這樣的想法是人不可能承受的。我呢，我只覺得他開始令我厭煩。現在換我轉過身去，走到天窗下，肩膀靠著牆。我沒注意聽，只聽到他似乎又開始問我問題。他的語氣擔憂而迫切，我感到他很激動，才稍微注意聽。

他說確信我的上訴會成功，但我背負著沉重的罪惡，必須卸除。他認為，人類司法的審判不算什麼，上帝的審判才代表一切。我提醒他，定我罪的是人類的司法。他回答說，但這並未洗清我的罪惡。我說我不知道什麼叫做罪惡，他們只是說我犯了法。我犯了法，為此付出代價，不能再多要求我什麼了。此時，他又站起身，我想牢房實在太狹窄了，想要移動身體，就只能坐下或站起來，沒有別的選擇。

我盯著地面。他朝我走近一步，停下來，好像不敢再靠近。他隔著鐵欄杆望著天空，說：「您錯了，我的孩子，可以再要求更多。或許將會對您要求。」——「要求什麼？」——「可以要求您看。」——「看什麼？」

神父環顧四周，以一種我覺得突然變得十分疲憊的聲音說：「牆上所有這些石頭都滲著痛苦，我很清楚。每次看到這些石塊都讓我不安。但是，我內心深處也知道，即使是最卑劣的刑犯，也會在晦暗的石牆上看見一張神聖的臉浮現。要求您看的，就是這張臉。」

我開始有點惱火了。我說好幾個月來我看著這幾面牆，這世上沒有任何東西、任何人比這牆更令我熟悉了。或許，很久之前，我試著在牆上找尋一張臉孔。但這張臉孔帶著陽光的色彩和欲望的火焰——瑪莉的臉。我徒勞地尋找，現在，一切都結束了。總而言之，我從未看到石頭滲出任何東西。

神父悲傷地看著我。我現在整個人背貼著牆，日光灑在我額頭上。他說了幾句話，我沒聽清楚，他接著很快地問我是否允許他擁抱我。我回答：

「不。」他轉過身朝著牆走去，手緩緩撫摸著牆壁，低聲地說：「您就如此熱愛這塵世嗎？」我什麼都沒回答。

他這樣背對著我相當長一段時間。他在這裡讓我感到壓力，也令我惱火。我正要叫他離開，讓我一個人靜一靜，他突然轉過身，激動地大喊：「不，我不相信您說的。我確信您會希望有另一個生命。」我回他說，當然啦，但這就跟希望變得有錢、游泳游得很快、嘴型長得漂亮是一樣的，毫無重要性。但他打斷了我，想知道我對另一個生命的看法。我對他吼道：「就是一個讓我能記起這個生命的另一個生命」，而我也立刻說我受夠了。他還想跟我談上帝。但我走近他，最後一次試著跟他解釋我的時間不多了，我不想把這時間花在上帝身上。他試著改變話題，問我為何稱他「先生」，而非「我的父親」。這著實惹火了我，我回他說他不是我父親，他是站在其他人那邊的。

「不，我的孩子，」他把手放在我肩上，說：「我是和您在一起的。但是您的心已蒙蔽，無法看見這一點。我會為您禱告。」

這時，不知為什麼，我整個爆發開來，開始扯著喉嚨大喊，臭罵他，叫他不必祈禱。我抓住他長袍的領子，將內心深處交織的喜怒都傾瀉到他身上。他看起來如此自信，不是嗎？然而，他那些堅決確信的事連女人的一根髮絲都比不上。他就像一具行屍走肉，連自己是否活著都無法確定吧。我雖然看起來兩手空空，但對自己很確定，對一切很確定，至少比他確定，我對我的生命和即將到來的死亡很確定。沒錯，這是我僅有的，但至少我掌握了它，如同它掌握了我。過去我是對的，現在還是對的，一直都是對的。我以這種方式活了一生，但也大可以以另一種方式活。我做了這個、沒做那個。我沒做某件事，但做了另外一件事。然後呢？就好像我整個一生只等著這一分鐘、這個將為我生命做出解釋的拂曉。一切，一切都不重要，我很清楚為什麼，他也清楚為什麼。就算有未來，從這個可能的未來湧出一股晦暗不明的氣息，穿過我荒謬的一生、穿過這麼多還未到來的年月撲向我，而這股氣息將一切抹平，並不能提供我比眼下更真實的任何承諾。其他人的死、母親之愛，干我什麼事呢？他的上帝、別人選擇的生活、別人選擇的命運，又干我什麼事呢？因為選擇了我的這個唯一的命運，也同樣會選擇千千萬萬和他一樣自稱為我「兄弟」的人。他了解嗎？他能夠了解嗎？所有人都有「特殊待遇」，這世上只有「特殊待遇」的人。其他人也一樣，有一天也會被判死刑。他也一樣，會被判死刑。就算他被判謀殺罪，其實只是在母親葬禮上沒掉淚而被處死，干我什麼事呢？薩朗瑪諾的狗和妻子一樣重要。像機器人的矮小女人、馬松娶的巴黎女人、想嫁給我的瑪莉都一樣有罪。雷蒙和比他好太多的謝列斯特同樣都是我朋友，干我什麼事呢？瑪莉就算今天為另一個莫梭獻上雙唇，干我什麼事呢？所以，他這個被判死刑的人懂了嗎？從我的未來深處……我吼了這一堆話，上氣不接下氣。但獄卒們已經把我抓住神父的手拉開，並恐嚇我。然而他安撫他們，沉默地注視著我一會兒。他眼中充滿淚水，然後轉身離去。

他一走，我便恢復平靜。我累極了，仆倒在床上。我想我睡著了，因為醒來時已滿臉星光。鄉間的各種聲音直傳入我耳中。夜晚、大地、海鹽的氣味清新著我的太陽穴。慵懶夏日的美妙平靜像海潮般湧入我體內。此時，黑夜將盡的時候，汽笛聲此起彼落，宣告著啟程前往另一個世界，而現在，那個世界對我來說再也無所謂了。很長一段時間以來，我第一次想到媽媽。我覺得能夠了解她為什麼在生命盡頭要找一個「未婚夫」，為什麼要玩重新開始的遊戲。那裡，在那裡也是，在生命逐一凋零的養老院周邊，黃昏時應該是憂鬱的停頓休止。如此接近死亡的媽媽，應該覺得解脫了，準備一切重新活過。沒有人，沒有人有權利為她哭泣。我也是，覺得自己準備好一切重新活過。剛才爆發的怒氣好似排除了痛苦，抽離了希望，面對這充滿徵象與星子的夜晚，我第一次對這世界柔靜的冷漠敞開自身。我發現這冷漠和我如此相像、如手足般親切，我感覺自己曾經幸福，現在也依然幸福。為了讓一切完整，為了讓自己感到不那麼孤獨，我只期望行刑那天有很多觀眾，以怨恨的吶喊迎接我。

（小說完）

譯者後記

嚴慧瑩

高中大學時期，瘋狂喜歡英美、歐洲、俄國作家的小說。當時譯本選擇不多，大抵是新潮文庫出版，有的看得如獲我心，有的看得不知所云，就算看不懂也不管，急切地囫圇吞棗，大量閱讀。那時候，經常讚嘆感激有這些翻譯，才能讓我進到寶庫，讀到這麼多外國語言所寫的作品。自己邁上文學翻譯這條路，當時的感激是一個重要的指標。

這幾十年來，外國文學翻譯蓬勃發展，有些重要大師名作甚至有多種翻譯版本，流行也好，推陳出新也罷，終究讀者有了更多選擇，是福氣。

從事翻譯工作多年來，愈來愈體認翻譯的困難。翻譯絕不可能是中立的，字句的選擇、取捨、安排，都無法不加入主觀判斷或喜好，因此，就算同一個原本，翻譯出來的面貌也不會一模一樣。翻譯的方向主要也取決於原著的性質，有的以故事性為主，有的要側重文字的詩意，有的必須忠實呈現出小說營造的氛圍。譯者經常在這些選擇之間掙扎，生怕差之毫釐失之千里。

青少年時期讀到的這本《異鄉人》，雖然懵懵懂懂看不太懂，但很能感受到書中主角與世界格格不入的氛圍。那時認定這就是所謂的「荒謬」，現在看來，當然不全然，但卡繆這本初期著作的確濃縮涵蓋了之後所有論述的中心思想。這幾年翻譯了大塊出版公司出版的《反抗者》、《薛西弗斯的神話》這兩本論述之後，再回過頭翻譯這本最初始的小說，心情更是大不同。

大學念法文系，上翻譯課時，老師便拿《異鄉人》中的片段來讓學生練習，原因是文法結構單純和用字簡單平易，翻譯起來不至於錯到哪裡，我們也沾沾自喜能夠翻譯大師級作品。

其實這是翻譯上的陷阱。卡繆是個寫作非常嚴謹的作家，遣字用辭琢磨再三，刪來改去，這本書句子簡短，遣詞用字簡單、甚至單調，自有它的道理：為了強調主角的意志，書中採用大量以他的話陳述的間接語句，使讀者直接透過主角的眼睛來看他所在的情境。主角莫梭並不是知識分子，是一個不管教育程度、社會地位、應對能力都中低的楞小子，思維並不曲折複雜，所以句子簡單，用字不精密，上下句未必符合邏輯關係，不停重複「他跟我說」、「所以我回答」之類的累句；又例如，作者用當鋪「單子」，而非當鋪「憑單」、「憑據」或「當票」，一是顯示他文化水準不高，用詞不精確，二是顯示他對當鋪一點都不熟。因此，我並不認為應該美化為優美的遣詞用字，也不能翻譯成中文精確的用字。這是作者努力使人閱讀起來造成格格不入、卡卡的隔閡感，營造出整個荒謬的氛圍。

然而翻譯文學作品的譯者，勉強算是知識分子，很難克制自己美化字句、追求通順優雅的傾向，甚或擅自加上幾個串聯字詞，增加句子連貫性，使文體流暢輕鬆易讀的企圖很可能破壞了本書的氛圍。有的編輯認為段落太長，或是為了強調某個句子，變動了原著的編排，更是違背了原著的精神。

這是我翻譯這本書最戒慎恐懼的地方，決定平鋪直敘以最忠於原文的字句來翻譯，先追求翻譯「信達雅」的「信」。這是翻譯期間最大的掙扎，所以無時不警惕自己：用詞優美精準，語句行雲流水，難道卡繆還不及我嗎？卡繆的文字，又何需任何人美化?!

我相信一個負責任的譯者，必定以自認最好的方式來貼近原著，如果能讓讀者透過不同的鏡子接觸這本《異鄉人》，應該是件美好的事。

國家圖書館出版品預行編目（CIP）資料

異鄉人 / 卡繆 (Albert Camus) 作 ; 嚴慧瑩譯 . -- 初版 .
-- 臺北市 : 大塊文化 , 2020.05
面 ;　公分 . -- (to ; 118)
譯自 : L'étranger
ISBN 978-986-5406-72-1 (平裝)

876.57　　109004538

LOCUS

LOCUS

LOCUS

LOCUS